싱글오리진

송시내 수필집

싱글오리진

연암서가

송시내

서울에서 나고 울산에서 자랐다.
서울예술대학교와 경성대학교 대학원에서 연극을 공부했으며
『울산문학』으로 작품활동을 시작했다.
『울산문학』 오늘의 작가상, 『대구일보』 전국수필대전에서 수상했다.
울산문화관광재단 예술창작활동 지원사업, 아르코 발표지원에 선정되었다.
평생 연극을 하면서 살 거라 생각한 때도 있었지만
지금은 아픈 나무를 돌보는 일을 한다.

햇빛중독자이며, 빛살에 닿아 일렁이는 모든 찰나를 읽고 쓴다.

싱글 오리진

2024년 10월 25일 초판 1쇄 인쇄
2024년 10월 30일 초판 1쇄 발행

지은이 | 송시내
펴낸이 | 권오상
펴낸곳 | 연암서가

등록 | 2007년 10월 8일(제396-2007-00107호)
주소 | 경기도 고양시 일산서구 호수로 896, 402-1101
전화 | 031-907-3010
팩스 | 031-912-3012
이메일 | yeonamseoga@naver.com
ISBN 979-11-6087-131-9 03810

값 15,000원

이 책은 울산광역시, 울산문화관광재단
'2024년 예술창작활동 지원사업'의 지원을 받아 발간되었습니다.

그때는 몰랐다. 부모의 반대에도 불구하고 연극과로 대학을 진학할 줄은. 평생 연극만 하면서 살 거라 생각했던 시간도 있었다. 하지만 삶은 예측 불가능한 생물과 같아서 지금 이 무더위의 끝자락에서 '작가의 말'을 고민하고 있다.

고등학교 1학년 때, 생활기록부에 장래 희망을 '작가'라고 적었다. 다음날 선생님이 교무실로 불렀다. 상업계 학교 다니면서 장래 희망이 작가가 말이 되냐며, 당신이 보는 앞에서 고쳐 쓰라고 했다. 힌트를 달라고 하자 친구들의 것을 보여주었다. 은행원, 회사원, 심지어는 현모양처까지. 회사원으로 바꿔 쓰며 배웠다. 마음을 있는 그대로 내보이면 안

된다는 것을.

책을 묶으며 한편으로는 걱정이 되고 후회도 밀려왔다. 하지만 이런 과정을 통해 사유의 근육이 단단해지리라 믿었다. 마음이 지나온 길을 글이라 생각한다. 그 여정을 잘 다듬고 엮어야만 비로소 '책'이라는 이름을 감당할 수 있을 것이다. 응어리를 풀어낸 글은 마중물이라 여기며 삶의 텃밭에 뿌렸다. 깊이 가라앉은 심연의 소리에 천착하려 노력하자 길이 보이기 시작했다.

모든 날씨를 사랑한다. 단순한 사람이라는 말을 자주 들는다. 고등학교 때 그랬듯 여전히 마음을 쉽게 읽힌다. 그래도 나는 글 쓰는 사람이 되었다. 사람 사이에 인연이 있듯, 책과 독자 사이도 그러하리라 믿는다. 내 책에 좋은 인연이 많아 당신에게 닿기를 바라며.

기억에 오래 남을 계절이 지나면, 나는 또 새로운 길을 걸어갈 것이다.

덧, 그래서 장래 희망을 이루었느냐고 묻는다면?

지금은 베짱이가 되길 희망한다. 감각이 깨어나는 찰나와 빛살이 닿아 일렁이는 모든 순간을 기록할 수 있기를.

차례

1부

상처를
대하는
자세

소울푸드

'최근에 붕어빵 파는 곳을 본 적이 있느냐.'고 묻는 지인의 전화를 받았다. 입원 중인 노모가 붕어빵을 찾는데 살만한 곳이 없다는 것이다. 그리고 보니 예전에는 날씨가 쌀쌀해지면 기다렸다는 듯 거리에서 고소한 향기를 발산하는 리어카를 만날 수 있었는데 요즘은 잘 보이지 않는다.

코끝으로 쩽한 공기가 느껴질 무렵부터 붕어빵의 계절이 시작된다. 찬바람을 타고 온 달콤하고도 따스한 유혹 앞에서, 머리가 먼저인지 꼬리가 먼저인지의 다툼은 고전적인 논쟁이다. 먹기 시작하는 부위에 따른 심리분석이 재밋거리로 돌아다니기도 한다. 머리부터 먹는 사람은 낙천적인 반면 고집이 세고, 꼬리가 먼저라면 신중하지만 한편으로 둔감한 면이 있다. 배부터인 사람은 적극적이고 사교적이며, 지느러미부터 먹으면 감성이 풍부하고 예민한 성격이라고 한다. 한입에 다 먹으면? 뜨거움을 무릅쓰고 입안으로 털어 넣는다는 건 성격과 상관없이 그냥 배고픈 사람이겠지.

먹고 나면 속이 후련해지면서 지금 겪는 힘겨움을 견뎌낼 수 있을 것 같은 위로가 되는 음식이 있다. 그런 것들은 몸을 채우기보다는 마음을 달래준다. 소울푸드에는 아프리카계 미국인의 깊은 아픔이 배어 있다. 노예로 끌려와 강제노동에 시달리던 그들은 살아남기 위해 고칼로리 음식을 먹어야 했다. 그러나 그들이 먹던 것은 단순한 끼니가 아니었을 것이다. 고된 하루 끝에 나누던 한 끼는 마음을 채우고, 때로는 영혼 깊은 곳을 흔드는 위로가 되지 않았을까.

내게도 떠올리면 가슴 먹먹한 음식이 몇 가지 있다. 불편한 식사 자리를 마친 후 집에서 먹던 고추장 팍팍 넣고 비빈 양푼이 비빔밥, 지독한 독감으로 힘들 때 엄마가 주던 복숭아 통조림, 자취생 시절 부끄러움을 무릅쓰고 시장에서 혼자 뜯던 족발, 약간의 한기를 느낄 때 마시는 뱅쇼 한 잔. 육신의 허기보다 영혼의 허전함을 달래주던 것들이다.

부모님이 반대하던 전공을 선택한 후, 이보다 더 가난할 수 없던 대학 시절이었다. 연습을 마치고 돌아가는 길은 늘

배가 고프고 쓸쓸했다. 초겨울의 밤바람은 왜 그렇게도 시리게 느껴졌는지. 얼음장처럼 차가운 자취방이 따뜻해지기를 기다리는 동안, 시간은 더디 지나갔다. 뱃속에 들어앉은 거지는 아우성이었지만, 무언가 찾아 먹는 것보다 그냥 잠드는 편이 훨씬 쉬웠다.

전철에서 내리면 가끔 고소한 향기가 바람결에 실려 올 때가 있었다. 붕어빵이었다. 갓 구워낸 빵 냄새는 영혼마저 뒤흔들어 놓을 만큼 매혹적이었다. 주머니 속에 들어있던 동전 몇 개와 바꾼 붕어빵을 꼬리부터 야금야금 씹으며 가파른 골목길을 오르던 밤이면 힘들었던 하루가 사라지고 어이없이 행복하다는 생각이 들었다. 머릿속을 떠나지 않던 고민들은 빵 하나에 눈처럼 녹아 더 이상 외롭지도, 허기지지도 않았다.

소설가 백영옥은 '허기란 그저 물리적인 배고픔을 뜻하는 것은 아닐 것이다. 그것은 사랑에 배고프고, 우정에 배고프고, 시간에 배고프고, 진짜 배가 고픈 것이므로 우리 삶에 대한 가장 거대한 은유'라고 말한다. 붕어빵은 그 겨울, 내가 가장 사랑한 소울푸드였다. 개인의 연대기가 담긴 것을 잊을 수 없도록 만드는 건, 단지 그것이 하나의 음식이 아니라 지난 시절의 은유이기 때문일 것이다.

'붕세권'이란 말이 있다. 붕어빵과 역세권의 조합인 이 말은 붕어빵을 파는 가게 인근에 자리 잡은 주거지역 또는 권역을 말하는 신조어다. 적은 돈으로도 달콤한 만족감을 주던 붕어빵은 최근 모 사이트에서 실시한 겨울 간식 선호도 조사에서도 압도적인 1위를 했지만 여러 이유로 파는 곳을 찾기가 어렵다. 때문에 최애 간식을 얻기 위해서는 몇몇 애플리케이션을 통해 판매 트럭의 위치와 시세를 미리 점검하고 명품매장처럼 오픈런이나 긴 줄도 불사해야 한다. 지인 역시 MZ세대들처럼 '붕어빵 원정대'가 되어 노모의 추억을 샀다고 한다.

혼을 빼놓을 듯 힘들었던 어제가 그렇듯, 시간이 지나면 평범하고 지루한 오늘도 아름다운 기억이 될 것이다. 불 꺼진 창, 앞이 보이지 않던 미래, 지독한 외로움의 순간을 함께한 음식들이 갑자기 그리워진다.

포커페이스

엘리베이터 안으로 들어서자 눈동자들이 쏟아진다. 순간, 촉박한 일정 탓에 얼굴 가득하던 짜증을 황급히 숨긴다. 급하게 걸친 표정이 거울 속에서 왠지 낯설기만 하다. 오늘도 어쩔 수 없이 포커페이스로 하루를 시작한다.

자신이 가진 패를 상대방에게 읽히지 않기 위해 표정을 감추는 포커페이스poker face. 상황이나 승패가 바뀌더라도 전혀 동요가 없다. 감정에 상관하지 않는 자기 조절 능력은 타인과의 심리 싸움에서 나를 보호하는 중요한 방패가 될 수 있다. 하지만 가면일 뿐이라 그 아래서 무엇을 생각하고, 어떤 감정을 품고 있는지는 누구도 알지 못한다. 결국 포커페이스는 타인을 속이기 위한 외적인 허상이지 본래의 모습은 아니다. 내면은 외줄 위를 위태롭게 걸으며 태연함을 억지로 가장하는 것이리라.

결혼생활은 포커페이스를 요구받는 일이 많았다. 자라 온 생활환경과는 다른 바탕을 지닌 사람들과 부대끼며 그들의 의중을 먼저 생각해야 했다. 예전엔 느끼는 그대로 표현하고 행동해도 될 사소한 것마저 조심스러워졌다. 설사 내 의견이나 감정에 반하는 점이 있더라도 가족의 뜻에 따라 표정을 달리할 수밖에 없었다. 집안에 크고 작은 일이 발생할 때면 하루에도 여러 번 얼굴을 바꾸었다.

시어머니와 합가한 이후엔 더욱 그랬다. 어머님의 방식과 내 생각이 종종 부딪쳤다. 그럴 때마다 본래의 얼굴을 감춘 채 착한 며느리의 표정을 달고 살았다. 어느 땐, 어머님 권유에 못 이겨 하늘하늘하게 꾸민 우리 부부 침실에다 커다란 모란이 수 놓인 솜이불을 들였다. 무거운 이불에 눌리며 선잠 드는 일이 많아도 싫은 내색을 하지 못했다. 원래의 얼굴은 가면 아래에서 점점 흐려졌고, 당신의 색채는 반대로 화려해졌다.

아이들이 학교에 들어가면서 또 다른 포커페이스가 생겼다. 학부모 모임은 참 재미있는 집단이었다. 아이 성적에 맞춰 서열이 매겨지고, 그 순위에 따라 주어지는 정보의 질과

양이 달랐다. '우리 아이는 아무것도 안 해요.'라고 웃으며 말하는 전교 1등 엄마의 주변에 모여 교육이나 학교생활 정보를 얻기 위해 가식적인 웃음을 지어야 했다. 때에 따라선 마음에 없는 칭찬이 필요할 때도 있었다. 학업성적이 좋은 아이의 부모가 건네는 화려한 전문직 명함은 나를 한없이 바닥으로 끌어내렸다. 후줄근한 옷차림이나 가방이 아무렇지 않은 듯 고개를 꼿꼿이 들고 있었지만, 그럴 때면 가장한 웃음조차 초라하게 여겨졌다.

어금니가 자주 아팠다. 아침엔 괜찮았다가 저녁이면 찾아오는 아릿한 통증이 제법 오래 지속되었다. 충치가 생긴 것 같아 치과에 들렀더니 의사가 어금니를 힘껏 물고 있지 않느냐고 물었다. 그러고 보니 정말 이를 악물고 살았다. 하루에도 여러 번 나를 숨기고 상대의 반응에 따라 가면을 바꿔 쓰려면 어쩔 수 없는 일이었다. 정신적으로 고된 하루를 보낸 밤이면 어김없이 치통이 찾아왔다.

배우들은 무대 위에서 가상의 삶을 살아가며, 상황에 따라 다양한 모습으로 자신이 맡은 인물을 표현한다. 매 순간 변하는 그들의 얼굴은 관객을 이야기 속으로 끌어들여 오락성을 더한다. 극에 대한 흥미와 몰입을 높이기 위해, 배우는 천의 페르소나로 의미를 전달해야 한다. 현실에서 아무리 힘든 상황에 있더라도 그것을 들키지 않으면서.

심리학자인 칼 융은 가면을 쓴 채 살아가는 현대인의 심리를 '다중자아'라는 말로 표현했다. 연극무대의 배우처럼 나는 왜 항상 여러 개의 포커페이스를 지녀야 했을까? 힘겨운 현실에 맞서 자꾸만 작아지려는 스스로를 감추고 싶었는지도 모른다. 어쩌면 대단한 능력이라도 있는 사람인 양 화려하게 포장하려는 마음이 컸을 수도 있겠다. 이제까지 쌓은 것이 모래성처럼 일순간 무너지지 않을까 하는 두려움도 있었으리라. 그래서 높은 철옹성을 두르고, 아무도 내 본래의 모습을 알아보지 못하도록 깊숙하게 은둔시킨 건 아닐까.

고창 선운사의 민불民佛은 쳐다보기만 해도 저절로 마음이 편해진다. 투박한 비대칭의 얼굴엔 웃음이 가득하고 살짝 고개를 기울인 모양은 익살스럽기까지 하다. 가슴에 살짝 얹힌 두 손은 세상 누구라도 안아줄 것처럼 푸근하다. 민불은 백성들 옆에 머무르기 위해 속세로 나온 벅수法首인 미륵을 지칭하는 말이다. 순박한 촌부 같은 민낯은 어떤 권위 있는 부처의 상보다 큰 울림을 준다. 어쩌면 연화대좌 위의 차가운 근엄은 인간이 만든 종교라는 이름의 또 다른 포커페이스가 아닐까.

자연은 민얼굴이다. 태양을 향해 한껏 제 몸을 부풀리고

서 있는 공원의 싱그러운 나무들은 감정을 숨기는 법이 없다. 햇살과 비와 바람을 뭉근하게 버무려 나이테를 채운 그들은 정직하다. 물오른 느티며, 미루나무, 수양버들은 아이들 웃음처럼 가식이 없다. 괭이밥, 패랭이, 꽃양귀비도 본연의 색 외에는 색조화장을 하지 않는다. 뽕나무 가지에 앉아 짝을 부르는 후투티의 목소리 또한 마찬가지다. 저들은 위선과 가식의 인간과 달리 모두 자신의 마음을, 표정을 있는 그대로 드러낸다. 자연으로 돌아가라고 말한 루소가 아니라도 봄날의 자연은 포커페이스를 걸치지 않는다.

가만히 나를 바닥으로 내려놓고 스스로를 돌아본다. 이제부터라도 겹겹이 둘러싼 높은 담장을 허물면, 가면을 내려놓고 본연을 드러내면 어떨까. 저 봄날의 버드나무나 꽃들처럼 거짓을 벗으면 민불처럼 해맑아지리라. 긴장과 위장으로 점철된 외면을 벗고 무장해제한 얼굴로 사람들을 만날 때, 나의 세상은 지금보다 훨씬 따뜻해질 것이다.

햇살 아래서 나무의사를 기다리던 벚나무들이 푸른 표정으로 반겨 준다. 가만히 다가가 둥치를 안고 눈을 감아 본다. 수간을 타고 흐르는 숨소리를 듣는다. 이제까지 내가 나무를 치료한다 생각했지만 그건 오만이었는지도 모른다. 오히려 그들이 나의 포커페이스를 한 겹 한 겹 벗겨 내고 있었는지도. 오늘은 자연의사 앞에 민낯이 된다.

카모메 식당처럼

헬싱키 어느 골목, 새로 생긴 식당에서 사치에는 일본식 주먹밥을 판다. 가게를 오픈한 지 한 달이 넘었지만 손님이라고는 눈을 씻고 찾아도 없다. 동네 주민들은 호기심 가득한 시선으로 바라보기만 할 뿐 선뜻 들어오지 않는다.

파리만 날리던 가게에 일본 만화를 좋아하는 청년 토미가 애니메이션 <갓차맨>의 주제가를 물으며 첫 손님으로 온다. 그에게 노래의 가사를 알려준 미도리는 어디로든 떠나고 싶은 마음에 세계지도에서 찍은 곳으로 여행을 온 인물이다. 특별히 갈 곳도 할 일도 없는 그녀에게 사치에는 하고 싶은 것이 생길 때까지 식당 일을 도와 달라 부탁한다. 항공사에서 짐을 분실해 일본으로 돌아가지 못하는 마사코도 일과처럼 가게를 방문한다. 영화 <카모메 식당>에는 평범하지만 결핍을 가진 사람들이 등장해 서로의 허전함을 채운다.

　지난달 독일로 여행을 다녀왔다. 모국어를 사용하지 않는 곳에서 보낸 시간은 설렘의 연속이었다. 언어와 문화가 다른 대륙이 주는 신선함이 신경세포를 자극했다. 오래된 건물이 즐비한 골목길이나 고성의 어느 언저리, 박물관이 된 대문호의 집은 아찔한 전율을 일으키기에 부족함이 없었다. 문학이라는 공통분모를 지닌 여행이라, 그림 형제에서 출발해 괴테를 만나고 돌아오는 동안 나의 오감은 새로운 자극으로 가득 찼다. 매일매일 그 안에서 깊은 행복을 느꼈다. 좋은 벗을 사귀었다는 것도, 인상적인 사람을 만났다는 것도 큰 수확이었다.

　여행 중에 <카모메 식당>을 떠올린 것은 우리와 일정을 함께 한 가이드 K 덕분이었다. '여기라면 잘 살 수 있을 것 같아서, 어디든 상관없어서, 무작정 떠나고 싶어서.' 영화의 세 주인공이 헬싱키에 있는 이유처럼 생의 중요한 일들은 생각보다 평범한 것에 의해 결정되는 경우가 많다.

　영화처럼 사소한 이유로 K도 프라하에서 살고 있다. 직장을 그만둔 뒤 이민을 작정하고 그가 처음 한 생각은 한국 사람이 많지 않은 곳에서 새롭게 시작하겠다는 것이었다. 결심을 하자마자 급류에 휩쓸리듯 삶은 K를 프라하로 데려다 놓았고, 정신을 차려보니 어느 길모퉁이 카페의 주인이 되어 있었다. 첫 몇 달은 손님이 전혀 없어서 할 수 있는 일이라고 는 무작정 누군가를 기다리는 것이었다. 영화 속 동네 사람 들처럼 이방인과 낯선 장소에 대한 긴 탐색 끝에 카페는 차 츰 자리를 잡아 갔지만 만성적인 적자를 면할 수는 없었다. 하는 수 없이 가게를 정리하고 여행 가이드가 되었다.

열흘 동안 유럽의 한 나라만 여행한 여행객도 처음이거 니와 문학기행을 안내하는 것도 처음이라는 그와 함께 전혜 린과 이미륵, 나이를 뛰어넘은 괴테와 실러의 우정을 들었 다. 부헨발트 강제수용소와 홀로코스트 메모리얼파크에서 느낀 감정도 함께 나누었다. 화술이 뛰어나지는 않았지만 말 과 행동에서 언뜻언뜻 보이던 이민자의 삶과 헛헛함이 여행 후에도 그를 기억하게 만들었다.

오래전, 일 년여 동안 외국에서 지낸 적이 있다. 바쁜 일 과를 마치고 돌아오는 저녁이면 하루를 살아냈다는 안도감 과 함께 배고픔이 몰려왔지만, 힘들었던 오늘을 털어놓으며 간단한 저녁이라도 먹자고 불러낼 친구가 없었다. 상점의 문 은 왜 그리도 빨리 닫는지. 극야極夜의 밤은 끝나지 않을 것 처럼 길었다. 소음조차 없는 방에 앉아 있다 보면 또닥또닥

창밖에서 빗소리가 들리곤 했다.

동네에 식당이 있었으면 어땠을까. 한껏 차려입지 않아도, 무릎 나온 바지를 입어도 허물이 되지 않는 그런 가게가 있었다면 혼자 느끼던 외로움은 좀 줄어들지 않았을까. 적어도 이방인으로 살아가며 느끼던 허전함은, 먹어도 채워지지 않던 허기는 덜했겠지.

보내는 일에는 아직 익숙하지 않다는 가이드의 배웅을 받으며 생각했다. 하고 싶은 일을 하고 사는 것이 아닐지는 모르지만, 적어도 하기 싫은 일은 덜 하고 사는 삶이게 해달라고. 헬싱키의 어느 골목에서 이질적이지만 존재 그대로 스며든 <카모메 식당>처럼, K와 나의 삶도 우리가 원하는 곳으로 자연스레 스며들게 해달라고.

커튼콜

엔딩 음악과 함께 조명이 꺼진다. 암전된 객석에 앉아 터지는 박수 소리를 듣는다. 다시 무대가 밝아지고, 경쾌한 음악에 맞춰 배우들이 등장한다. 맞잡은 손을 머리 위로 올리고 깊이 고개를 숙인다. 커튼콜이다.

공연이 끝난 후 퇴장했던 출연자들은 관객의 환호에 답하기 위해 다시 무대 위로 나온다. 지속되는 박수 소리와 재등장하는 횟수로 관람객의 만족도를 가늠하기도 한다. 마리아 칼라스가 토스카 역할로 16회, 바이올리니스트 장영주가 8회의 커튼콜을 받은 것은 자주 회자되는 이야기다.

배우는 오프닝 음악에서부터 엔딩 음악까지 극 중 인물의 생을 산다. 막이 내린 뒤 몸에 남은 전율이 채 가시기도 전에 받는 박수 세례는 황홀경이다. 사람들에게 감동을 주는 연기를 했는지 알아내는 척도일 뿐만 아니라, 공연을 계속하게 만드는 동력이 된다.

자신이 아닌 다른 생을 살아가는 경험을 하는 사람이 몇이나 될까. 배우인 나의 직업을 오랫동안 사랑했다. 분장실에서 조심스레 아이라인을 그릴 때면 제의를 준비하는 사제처럼 엄숙해졌다. 시작을 알리는 음악이 흐르면 무대가 밝아오기도 전에 이미 가슴이 방망이질을 시작했다. 천장에서 떨어지는 조명이 눈썹에 닿는 순간의 기분을 이해할 수 있을까. 연극이라는 가상의 세상은 믿을 수 없을 만큼 매력적이었다. 여왕이며 고아 소년, 때로는 나무가 되기도 하면서.

평생을 무대에서 보내고 싶었던 꿈은 이십 년 남짓을 끝으로 막을 내렸다. 비록 현실이라는 줄에 발목은 묶였지만, 일상에서도 멋지게 커튼콜을 받겠다고 생각했다. 하지만 부풀었던 기대는 착각이었다. 인생이라는 대본에선 지루하고 보잘것없는 역할이 지속되었다. 무대는 늘 아파트로 한정되었다. 집안일이며 결혼생활이 완벽하지 않으면 어쩌나, 아이들이 제대로 커 주지 않으면, 남편이 이번 계약을 성사시키지 못한다면……

삶은 오롯이 나의 작품이지만 종종거리며 역할에 열중해

도 돌아오는 커튼콜은 없었다. 좋은 성과는 당연히 어머니나 남편, 아이들 노력의 결과였고 나쁜 결과는 내 탓이었다. 일상극의 무대는 연습이 없는, 언제나 본 공연이었다. 자칫 상대역과 합이 맞지 않으면 서로의 행동이나 대사가 어긋났다. 그럴 때마다 어김없이 불화가 민낯을 드러냈고 동작선을 다시 짜야만 했다. 조명 아래에서 반짝반짝 빛나던 배우는 어디로 사라진 것일까. 우울에 함몰된 날들은 자존감마저 깎아내렸다. 먼지처럼 작아져 사라진다 하더라도 누구 하나 알지 못할 것 같다는 두려움도 생겼다.

어느 날, 지인의 부탁으로 며칠간 유아용품 판매 아르바이트를 한 적이 있었다. 경험해 보지 못한 새로운 배역이라 충실하게 역할을 수행했다. 감동이란 게 있을 수 없는 무덤덤한 잠깐의 출연이었다. 며칠 눈여겨본 매장 대표가 정규직으로 취업해 볼 생각이 없냐는 제의를 해왔다. 처음에는 능력을 인정받는 것 같아 고마웠다. 오래도록 직원 역할을 할 수 있을까 고민하다 결국 사양하고 말았다. 내가 진정 원하는 배역이 아니었기 때문이었다.

열병처럼 무대가 그리웠다. 열심히 노력한 만큼 커지던 박수 소리가 환청인 양 들렸다. 다시 돌아간다면 예전보다 더 잘할 수 있을 것만 같았다. 그러던 차에 장애인 극단의 작품

연출을 부탁받았다. 무대를 떠난 지 십여 년만의 일이었다.

기대와 더불어 시작된 연습이었지만 쉽게 풀리지 않았다. 거동이며 언어 구사가 자유롭지 않은 배우들과의 작업이라 무대에 올리기까지는 난관이 많았다. 장치 디자인이며 동선을 자주 변경해야 했다. '그런데 누가 우리 작품을 보러 오기는 할까요?' 자조 섞인 넋두리를 들을 때면 기운이 빠졌지만 포기할 수는 없었다. 지금은 미운 아기오리처럼 보이지만 무대에선 백조보다 아름답게 날아오르도록 만들겠다고 다짐했다.

오스카 와일드는 "배우들은 아주 운이 좋다. 그들은 비극에 나올지 희극에 나올지, 고통스러워할지 즐거워할지, 웃을지 울지를 선택할 수 있다. 그러나 실제 삶에서는 그럴 수 없다. 대부분의 사람들은 자신에게 맞지 않는 역할을 맡도록 강요받는다. 세상은 연극 무대 같지만, 배역은 형편없다."고 말한다. 살아낸다는 것은 원하지 않는 배역이라도 삶이 다하는 날까지 수행해야 하는 것이다. 무대 위의 저 배우들도 자신이 장애라는 역할로 평생을 보낼 것이라는 걸 미리 알 수는 없었겠지.

박수 소리가 작지 않은 극장을 가득 메운다. 무대는 전체적으로 5도쯤 기운 듯 비스듬하다. 고개 숙이는 배우들의 몸짓이 마리오네트처럼 기우뚱한가 하면 바람 앞의 들풀처럼 흔들리기도 한다. 그러나 표정은 견고하다 못해 숭고하다. 공연은 성공적으로 끝이 났고, 저들은 지금 인생 최고의 환호를 받고 있다. 그 순간을 함께 할 수 있어서 내게도 크나큰 행운이다.

나는 다시 연극을 시작할 수도 있고 그렇지 못할 수도 있다. 배우라는 직업은 나의 의지만으로 가능한 것이 아니라 선택을 받아야 하는 일이기 때문이다. 연극이 아니더라도 지금보다 더 뜨겁게 삶을 살아낸다면 나의 일상도 박수갈채를 받아 마땅하지 않을까. 모든 배역을 성공적으로 수행할 수는 없겠지만 지나간 일에 발목 잡히지는 말아야겠다. 단단한 성을 쌓듯 차곡차곡 일상의 무대를 꾸며야지.

누가 커튼콜을 사양한다고 했나. 이왕이면 찬란한 박수갈채가 터지면 좋겠다. 잘 살아냈다고, 앞으로도 잘 살아내기를 바란다는 의미로, 장영주나 칼라스 정도는 아니더라도 나만을 위한 최고의 응원이 있었으면.

극장을 나서니 초여름 달밤을 무대로 쓰르라미 소리가 가득하다. 일상에서 더욱 빛날 커튼콜을 꿈꾸며 걷는다. 어디선가 경쾌한 음악이 들린다. 잠깐 주변을 살피고는 오른손을 머리 위로 높이 들었다 둥그렇게 펼쳐 내리며 여왕처럼

인사를 한다. 단막극 같았던 오늘, 환호처럼 별빛이 쏟아져
내린다.

앙상블

경보음이 울렸다. 잠의 징검다리를 건너다니던 의식이 반복되는 소리에 스르르 현실로 돌아왔다. 머리맡을 더듬어 시계를 찾았다. 첫새벽을 여는 소리는 자동차 후진 신호였다. 몇 번 몸을 뒤척이다 거실로 나와 창을 열었다.

오래도록 이곳에 살면서 한 번도 쓰레기차를 본 적이 없다. 늘 버리기만 할 뿐, 그것이 언제 수거되어 어디로 가는 것인지 궁금해하지도 않았다. 그동안 모두가 잠든 시간에 수고하는 감사한 이웃이 있다는 걸 모르고 살았다니. 타인에 대한 관심이 부족하기 때문이었을 것이다.

생활을 아름답게 만들어주는 조력자들이 참으로 많다. 신문배달원이나 택배기사, 슈퍼나 은행에서 일하는 사람들,

명망 있는 의사나 정치인도 마찬가지다. 이들이 아니라면 스스로 해결해야만 하는 일이 얼마나 많을까. 그들은 자신을 드러내지는 않지만 내 삶을 풍성하게 만드는 앙상블이다.

앙상블ensemble은 조화와 통일의 또 다른 이름이다. 여러 악기가 어우러져 하나의 소리를 만들어낼 때, 각기 다른 배우들이 연극 속에서 자연스럽게 서로에게 스며들 때, 같은 천으로 만들어진 옷이 아름다운 실루엣을 보여줄 때, 그 모든 순간이 앙상블이다. 요즘에는 뮤지컬에서 주연과 조연을 제외하고 다양한 역할을 소화하는 배우들을 일컫는 말로도 쓰인다.

엑스트라가 극에 미치는 영향이 미미한 것에 비해 앙상블은 직접적으로 개입한다. 비록 정해진 배역은 없지만 뮤지컬의 분위기와 주제 표현을 위해 주요 배역들 못지않게 중요하다. 여러 단역을 연기하거나 주역 배우와 함께 노래하는 코러스, 극의 스펙터클을 위한 무용수가 될 때도 있다. 주인공이 스포트라이트를 받으며 화려하게 작품을 끌어갈 때 무대 위의 장면이 서로 조화를 이루도록 적재적소에서 필요한 부분을 담당한다. 눈앞에서 모든 광경이 실제로 진행되는 공연예술의 한계 속에서 관객의 몰입을 돕는 상징적인 장치 역할이 되어주는 것이다.

가정이나 크고 작은 단체가 잘 유지되기 위해서는 앞장서서 끌고 가는 이가 중요하다. 그 못지않게 전면에 드러나진 않지만, 관계를 부드럽게 만드는 사람도 필요하다. 나는 스스로 빛나기보다 타인을 위해 무언가를 보조하는 쪽이었다. 강한 개성을 드러내지 않고 소속된 집단 안에서 전체의 균형과 통일, 조화를 위해 대체로 도움을 주는 역할이었다.

무대에 서는 일을 꽤 오래 했었다. 가난하고 인지도 낮은 배우라 주어지는 모든 역에 감사하며 보낸 시간이었다. 주요 배역은 가뭄에 콩 나듯 찾아왔다. 대신 극의 현장감과 흐름을 돕는 것은 십중팔구 내 몫이었다. 주연 배우들이 사랑의 감정을 키우는 카페 장면의 옆자리 손님, 크리스마스의 들뜬 분위기를 고조시키는 거리의 행인, 으스스한 숲속의 나무까지. 한때 찬란하고 아름다운 주인공을 꿈꾼 적도 있었지만, 현실은 녹록지 않았다.

항상 작품의 중심부로 들어가지 못하고 주변에서만 맴도는 역할에 지친 어느 날, 말없이 연습에 참가하지 않은 적이 있다. 드레스 리허설이라 모든 배우가 의상을 입고 동선과 기술적인 작업까지 실제처럼 진행되는 날이었다. 공연과 다름없는 중요한 일정이었지만 잠시 현실에서 도망치고 싶었다. 넓은 백사장에 모래알 하나 없어진 것처럼 별일 아닐 것이라는 마음에서 한 일탈이었다. 경솔한 생각과 행동 탓에 그날 연습은 엉망이 되어버렸다. 다음날 진심으로 머리를 조아려 사과해야 했다.

'제 목소리가 너무 컸나요?' 제럴드 무어가 마지막 연주회에서 객석을 향해 던진 질문이다. 반주자인 자신의 연주가 너무 커서 실제로 주목받아야 하는 소리에 방해가 된 것은 아닌지 겸손하게 물었다. 반주자로만 평생을 산 그는 은퇴 무대에서까지 함께 협연한 상대방을 배려해 주었다. 공연에서는 당대의 내로라하는 사람들이 무어를 위해 앙상블의 역할을 자처했다. 처음부터 변두리에 서고 싶은 사람이 누가 있을까. 빛의 영역에서 비켜나 있다고 해서 개인의 인생이 보잘것없는 것은 아니다. 자신의 삶에서는 저마다 주인공이기 때문이다.

시계의 초침은 아주 바쁘게 움직이고 분침과 시침이 뒤를 따른다. 시계판 위에는 아름다운 글자들이 양각으로 새겨져 있다. 바늘과 숫자는 주연과 조연 배우들이다. 그 아래, 태엽이 돌아가도록 톱니바퀴들이 정렬하여 탭댄스를 춘다. 이중 하나만 망가져도 시계는 제대로 가지 않는다. 시간의 흐름 속에서 어쩌면 인간도 자연도 각기 작은 부분을 담당하고 있는 것인지도 모른다.

재바르게 달려온 오토바이가 멎더니 녹즙 배달원이 내린다. 이어 공동현관 비밀번호를 누르는 소리가 들린다. 이른 출근을 하는 옆집 청년이 무거운 백팩을 메고 등장한다. 여명을 받은 회화나무 잎이 환해진다. 아파트 마당을 무대로 펼쳐지는 군무가 희망찬 새벽을 표현하고 있다. 일전에 보았던 뮤지컬처럼 함께 움직이는데도 전혀 흐트러짐이 없다.

조심조심 쓰레기통을 비우는 두 미화원의 호흡이 오랜 연습이라도 한 듯 잘 맞는다. 노동에서 발생하는 소음까지 계산된 것인 듯 조화롭다. 잠시 뒤, 통을 비운 트럭이 아파트를 빠져나간다. 소요가 멎자 마당은 금세 고요해진다.

지금은 또 다른 장면이 연출되길 기다리는 시간이다.

객석에서

깊은 호흡으로 익숙한 냄새를 맡는다. 약간의 퀴퀴함이 지나고 나면 극장만이 지닌 물기 머금은 먼지 냄새가 난다. 공연이 시작되기까지는 아직 20분쯤 남았다. 티켓에 쓰인 좌석번호를 확인하고 앉아 주변을 둘러본다. 삼삼오오 무리 지어 속삭이는 사람들 사이에서 나처럼 혼자 온 관객도 간간이 눈에 띈다.

극장에 오면 팸플릿을 사야 한다. 익히 아는 작품이든 처음 만나는 것이든 새로운 연출자와 배우, 스태프를 통해 어떤 옷을 입었는지 대략적인 정보를 알 수 있기 때문이다. 팸플릿의 내용은 항상 선봉에 선 장수처럼 공격적이다. 연출은 작품이 지닌 예술성을 강도 높은 어조로 피력하며, 장면 사진은 배우들의 열정을 관객에게 고스란히 전달하고자 노력한다.

개막 5분 전을 알리는 안내 음성이 나오고 이내 암전이다. 오프닝 음악과 함께 공연이 시작된다. 나는 매번 무대에서 새로운 생을 사는 배우들을 사랑한다. 그들은 본래의 삶을 밀쳐두고 배역의 인생을 충실하게 살아낸다.

<세 자매>의 이리나, <인형의 집>의 노라, <욕망이라는 이름의 전차>의 블랑쉬, <느릅나무 그늘의 욕망>의 애비, <갈매기>의 니나. 또 뭐가 있을까. 참으로 하고 싶은 역할도 부지기수였고 닮고 싶은 인물도 많았다. 강의가 끝난 학교 뒤뜰에서 독백 대사를 외우며 인물의 동작 선을 만들거나, 대극장 로비에서 문에 비친 모습을 거울삼아 감정 연습을 하곤 했었다.

우리 학번에는 스물에 대학에 들어온 동기들도 있었지만, 재수 혹은 삼수를 통해 원하는 전공을 택한 친구들도 있었다. 그리고 나처럼 다른 일을 하거나 기성 극단에서 활동하다 목마름을 안고 진학한 늦깎이도 제법 많았다. 어린 동기들은 물론, 장고 끝에 진학 혹은 전공을 변경한 예비역들도 미친 듯이 연기하고 공부했다.

1학년 말이었다. 우리는 안톤 체호프의 희곡 <세 자매>

에 나오는 장면을 연습했다. 아마 고급연기 과제였던 것 같다. 늘 함께 어울리던 두 친구와 팀을 이루었다. 친한 사이였기에 팀워크가 좋은 우리의 조합은 다른 친구들의 부러움을 샀다. 막상 장면 연기에 들어가자 친근함은 작품 분석과 연기에 오히려 걸림돌이 되었다. 과도한 욕심은 서로 눈에 보이지 않는 견제를 하도록 만들었으며, 본인의 캐릭터를 더 부각하고자 노력했다. 미묘한 심리전은 친했던 사이에 미세한 틈을 만들었고, 우리의 장면 연기 역시 이미 작품을 떠나고 말았다.

그때의 작품이 공연되고 있다. 세 명의 배우는 절망 속에서 기품을 잃지 않으려 애를 쓴다. 혁명의 기운이 강한 제정 러시아, 시대는 이미 변화하고 있다. 변화에 발을 맞추지 못하는, 힘없는 중류 계층의 삶은 녹록지 않다. 원치 않는 일을 해야 하는 첫째, 도시를 주둔한 군대가 떠나면서 사랑하던 중령과 이별한 둘째, 소망하는 곳으로 데려다줄 유일한 대안이 죽어버린 막내. 희망이 남지 않은 곳에서 세 자매는 그냥 주어진 삶을 살아내기로 결심한다. 달라진 것은 아무것도 없었다.

정지된 듯 서 있는 세 배우의 등 뒤로 군대의 행진 소리가 멀어진다. 수직으로 떨어지던 탑 라이트가 서서히 암전된다.

한동안의 침묵 후에 가벼운 탄성과 박수 소리가 이어진다.

삶을 이야기할 때 연극과 같다는 말을 하는 것은 이미 진부하다. 가끔, 어쩌면 자주 '만약 그때 다르게 판단하고 행동했다면'하고 생각한다. 나를 둘러싼 삶의 영역은 그 결정에 따라 지금과는 달라졌을까. 혹, 개인이 지닌 기질적 특성으로 인해 다른 판단을 하더라도, 시간이 흐른 후 지금과 똑같은 모습으로 있는 것은 아닐까.

연극은 제정러시아 몰락 무렵의 현실을 이야기하지만, 객석에 앉은 나는 현재를 살아가는 스스로를 인물에 대입시킨다. 그때 함께 장면을 만들던 친구들을 떠올린다. 결혼과 더불어 무대를 떠난 친구, 아등바등 타협하지 않으려 아이를 낳고도 힘겹게 무대를 지키다 나가떨어져 버린 나, 무명이지만 아직까지 배우로 활동 중인 친구. 우리는 그 시절, 무대 위에서 푸른 하늘을 날고 싶은 새들이었다.

'시장바구니를 들고서 혼자 낮 공연을 보고 집으로 들어가는 날이 가장 슬프다.'고 말하는 친구, 한동안 극장 근처로는 눈길도 주지 않았던 나. 우리의 발목엔 현실이라는 줄이 묶여 날지 못한다. 힘들어도 지금까지 옹골지게 무대를 지켜온 친구가 부럽기는 하지만, 자신이 직면한 상황을 곱씹으며 그럼에도 불구하고 '살아내기'로 결심해야 한다.

커튼콜이다. 배역을 벗은 배우들이 일상으로 돌아오는 시간이다. 그들은 이제 올가, 마샤, 이리나가 아닌 자신으로 돌아가 현실에서 주어지는 또 다른 역할에 충실한 삶을 살아갈 것이다. 객석도 마찬가지다. 나는 관객의 역할을 이제 막 끝내고, 여느 배우들처럼 일상으로 돌아가야 한다.

극장 문을 열고 나온다. 봄밤, 축축한 향기가 몽환적이다. 잠깐의 여행에서 돌아온 듯하다. 어쩌면 지금의 삶에 감사해야 할 것 같기도 하고, 두고 온 길이 아쉽기도 하다. 가끔은 그때로 돌아가고 싶을 때도 있다. 아직은 모른다. 삶은 늘 현재진행형이고, 나는 그 위에서 충실한 배우이기에.

해, 파랑, 라싸로 가는 길

　돌아올 곳이 있는 잠깐의 떠남은 삶에 틈을 만들어준다. 월내역에서 시작한 걷기는 간절곶, 십리대숲, 일산해수욕장, 주전항에 발자국을 남겼다. 오늘은 정자항을 출발해 나아해변까지의 구간이다. 바다가 품은 짭조름한 길을 해, 파랑과 걷는다. 가다 보면 나도 어느새 해, 파랑이 된다.

　밤새 창틀에 매달리던 폭풍우가 꿈결이었던 것처럼 날이 개었다. 솜털같이 부드러운 햇살이 해변을 뛰어다니면 기다렸다는 듯 몽돌이 데구르데구르 해안선을 읽는다. 경쾌한 파도가 산책 나온 아이들과 숨바꼭질하는 사이, 눈부신 웃음들은 공기를 타고 푸르게 날아 오른다.

　왁자지껄한 소리가 끊일 듯 이어지는 강동 몽돌해변에는

크고 작은 돌들이 수많은 보석처럼 반짝인다. 둥긂은 쪼개지고 깎여야만 비로소 만들어지는 형상이다. 숱한 비바람의 시간, 저마다의 예각을 버리고 하나의 원이 되었을 오랜 인내를 본다. 나도 저처럼 둥글어질 수 있을까.

포물선을 그리는 해변에서 사람들은 같은 방향을 바라보며 앉아 자진모리로 쏟아지는 포말을 듣는다. 자그마한 돌하나를 손안에 넣고 궁굴리던 일행이 까맣게 빛나는 것으로 골라 탑을 쌓기 시작한다. 오랜 시간 모서리를 갈아낸 간절함이 탑 위에 하나씩 올라앉는다. 차곡차곡 쌓이는 기도를 가만히 바라보다 내 마음도 하나 얹어둔다. 지나는 바람에 흔들리지 말기를, 파도의 갈퀴에 쓰러지지 않기를.

몸에 묻은 생각을 툭툭 털어내면 이제 해안에서 해안으로 이어지는 길을 걸을 시간이다. 개발이 완료된 신도시의 화려함과 갯내음이 만들어내는 풍경이 낯설다. 자신의 모습을 온전히 보전할 수 있다면 좋겠지만, 그럴 수 없다면 서로 어울렁더울렁 스미는 것도 나쁘지는 않겠지. 곰솔 가로수 사이로 오늘이 맑게 씻은 몽돌처럼 반짝반짝 빛난다. 길게 이어진 해변의 끝에서 뒤돌아본다. 걸어온 길이 오롯이 품 안에 담길 듯 가깝다. 길 위에 서면 어제까지의 실수도, 시행착오도, 후회도 썰물처럼 밀려간다.

청량한 하늘에 비늘구름이 얇게 깔리더니 이내 빗방울이 떨어진다. 오랜 봄 가뭄 끝에 누군가 기우제라도 지낸 것일까. 발걸음마다 빗소리가 타닥타닥 따라붙는다. 진양조로 시작된 비는 어느새 휘모리로 넘어간다. 헐렁한 비옷에 배낭과 몸을 숨긴 채 일렬로 걷는 모습이 흡사 차마고도의 협곡을 지나는 야크 행렬처럼 보인다. 나는 지금 라싸로 간다.

폭풍우와 바다의 시나위가 절정으로 치닫자 야크의 움직임도 빨라진다. 비바람이 거칠어질수록 숨은 버겁고 발걸음은 더 느려진다. 짐의 무게도 불어나는 것 같다. 하지만 무엇이든 끌어당길 것 같은 거센 파랑은 오히려 마음의 파랑을 잠재운다. 저절로 단순해지는 시간이다.

더딘 발걸음에 집중하는 사이, 읍천항 파도소리길로 접어든다. 천연기념물인 양남 주상절리와 함께하는 길이다. 신생대에 분출한 용암이 서서히 냉각되며 만들어졌다는 이곳은 주상절리의 전시장이다. 장작처럼 가지런히 드러눕거나 고래의 솟구침처럼 하늘로 날아오르는 절리를 보면 용암이 절벽을 따라 흘러내린 모습을 짐작할 수 있다.

일본이 한반도에서 떨어져 나가던 때부터 쌓인 시간의 더께를 바라본다. 폭우 속, 치솟는 파도의 힘에도 아랑곳 않는 '동해의 꽃'이 폭죽처럼 보인다. 경외스러운 저 모습은 이

천만 년을 이어온 기도가 아닐까. 갯까치수염, 메꽃을 품은 비탈이 하염없이 비에 젖는다.

바위에 새긴 염원과 함께 걷다 보면 거센 바람 탓에 얇은 비옷이 타르초*처럼 날린다. 한걸음 한걸음마다 바람이 나를 읽고 있기 때문이겠지. 아찔한 협곡에 간신히 걸쳐진 차마고도를 건너는 행렬이 그러했을까, 가파른 해안을 따라 줄지어 걷는 야크 떼의 모습에서 순례자의 고행이 보인다. 우리는 지금 자신만의 오체투지로 라싸를 향한다. 그러는 동안 뒤죽박죽 등짐에 들어있던 생각도 가지런해지는 중일 것이다. 이제 여정의 끝이 가깝다.

빗줄기가 잦아드는 나아해변, 먼저 도착해 환호를 보내는 일행의 축하를 받으며 걷기가 끝이 났다. 함께 혹은 홀로 걸으며 모나고 날이 서서 스스로마저 다치게 하던 마음을 쓰다듬었다. 자꾸만 모서리를 갈아내면 아마도 몽돌처럼 부드러운 곡선을 가질지도 모른다. 그러면서 안으로 좀 더 단단해지리라. 어떤 파랑에도 넘어지거나 상처받지 않기를, 따시델렉.**

어슴푸레한 운무 너머로 길은 또 다른 길로 이어진다.

* 경전을 적은 오색 깃발.
** '건강과 복이 가득하길 바란다'는 티베트어 인사말.

아보카도를 찾다

겨울잠 자는 짐승처럼 미동 없던 채팅방에서 알람이 울렸다. '오늘 우리 집에서 밥 먹을까?' 밑도 끝도 없는 말에 봄이라도 온 듯 소란스럽더니, 순식간에 약속이 결정되었다. 나는 샐러드를 준비하기로 했다.

냉장고를 열어 채소 칸을 들여다보았다. 구석구석 요리하고 남은 자투리 채소들이 숨바꼭질하듯 숨어있었다. '흠, 콥 샐러드 할까? 안 그래도 냉장고 파먹기 시즌인데.'

콥 샐러드cobb salad의 탄생에는 흥미로운 이야기가 있다. 콥이라는 셰프가 식당 주방에서 남은 채소들을 잘게 썰어 접시에 냈는데, 손님들의 반응이 예상 밖으로 좋았다. 덕분에 정식 메뉴로 출시한 것이 시작이다. 재료에 특별한 제한 없다. 버리기엔 아깝지만 사용하기 어중간한 것들을 낭비 없이 이용할 수 있는 데다 보기에도 그럴듯한 음식이 되니 일석이조라 할 수밖에.

쓸만한 것으로 골라 베이킹소다를 푼 물에 담갔다. 잠깐 사이 시들하던 녀석들이 생기를 찾았다. 깨끗이 씻은 채소를 깍둑 썰어 색깔별로 정성스레 담았지만, 썩 마음에 들지 않았다. 어딘지 모르게 심심한 것이 꼭 2퍼센트쯤 모자란 모습이다. 궁리 끝에 아보카도로 색감과 식감을 더하기로 했다.

짙은 초록이 감싼 아보카도는 속을 가늠하기 힘들었다. 혹시 딱딱하거나 상하지는 않았을까. 버터처럼 부드러운 과육을 얻으려면 후숙이라는 기다림의 과정이 필요하다. 포춘 쿠키를 쪼개듯, 잘 숙성되었기를 기대하며 칼을 가져다 댔다. 말캉하다. 이토록 고소한 향을 만들기 위해서는 지루한 시간을 견디는 힘도 필요했을 것이다. 그러면서 안으로 익어갔으리라. 정갈하게 하모니를 이룬 샐러드를 들고 집을 나섰다.

버리기엔 아깝고 먹기엔 어중간한, 우리의 모임도 그랬다. 각각 다른 성격과 성장 배경을 지니고 있던 사람들이 아이가 학교에 들어가며 학부모라는 공통분모로 만난 것이다. 특별한 이름도 없다. 학교생활의 정보를 주고받기 위해 만들어져 이합집산의 특징을 지닌다. 필요가 충족되거나 쓸모가 없어지면 떨어져 나가고 다시 모이고를 반복했다. 학년이 올라가고 아이들이 자라 더 이상 엄마의 품을 필요로 하지 않게 되자 모임은 저절로 흐지부지되었다. 잘 활용되지 않는 채팅방은 빠져나오기에도, 그냥 두기도 어정쩡하니 불편했다. 냉장고 한편에서 굴러다니던 채소처럼.

초인종을 누르고 들어가니 먼저 도착한 셋이 테이블 위에 음식을 차리는 중이다. 처음엔 열 명도 훨씬 넘는 인원이었는데 여덟이다가 여섯이기도 하더니 모두 사라지고 넷만 남았다. 오랜만에 스스로를 위한 식탁을 차린다는 것에 잔뜩 고무된 목소리들이 몇 옥타브는 올라가 있다.

음식이라고 해서 특별할 건 없다. 샐러드, 돼지고기 고추장 불고기, 카레 그리고 떡 구이가 전부다. 제법 그럴듯하게 장식까지 한 식탁이지만, 차려진 음식은 서로 어울리지 않았다. 어떻게 이런 조합이 한 식탁 위에 올라올 수 있을까. 국적 불명의 합체가 생경해 보이는지 다들 자신이 가져온 것들의 사연을 설명하기 시작했다.

"고추장 불고기를 그저께 재웠어. 그런데 모두 제 일에 바빠 늦게 들어오는 거야. 나 먹자고 집안에 양념 냄새 피우고 싶지는 않았어. 오늘 아니었으면 덩어리째 냉동실 행이 되었겠지."

"어제 카레 먹고 싶대서 더운데 불 앞에서 볶고 끓이고 했어. 아침에 한 번 더 주려고 했더니 싫다는 거야. 카레를 어떻게 한 그릇 양만큼만 할 수 있니? 오늘 자기들이랑 같이 밥 먹지 않았으면 아침부터 저녁까지 카레만 먹어야 할 뻔했어."

"나도 마찬가지야. 냉장고는 가득 찼는데 실상 열어보면 먹을 건 없고. 비워서 공간을 만들어야 다른 게 들어갈 수 있는데, 뭐든 비우는 건 나만 해야지. 다른 식구들은 새로 만든 음식만 좋아해. 버리긴 아깝고 혼자서 다 처리하기는 너무 많고."

꾸미지 않고 있는 그대로를 보여주어도 허물이 되지 않는 사람들이라 참 다행이다. 필요가 없어진 채팅방을 나오지 못하고 머뭇거리던 우리는 발 빠르게 자신의 이익을 위해 떠난 이들보다는 연대감이 있었나 보다. 구구절절 설명하지 않아도 메시지의 쉼표와 말줄임표를 이해하는 사람들. 그렇기에 오늘 가져온 음식도 우리의 모습을 여실히 보여주고 있는 셈이다.

고추장 불고기를 볶은 1405호가 말했다.

"나 취직했어. 요양병원이야. 다음 주부터 출근할 거야."

모두 놀라는 눈치다. 취직이라니, 누가 먼저라 할 것 없이 부러움의 눈길을 쏟아냈다.

"작년 겨울에 재교육 과정을 들었어. 아이 대학 가고 나니 삶이 너무 무의미하게 느껴졌거든. 할 줄 아는 일이라고는 간호사 일밖에 없는데, 나이 많은 경력 단절녀를 어느 병원에서 써 주겠니. 다시 공부를 시작하면서 혹시 불가능한 일만은 아닐지도 모른다는 생각이 들었어."

음식을 준비하며 '밋밋한 건 샐러드가 아니라 지금의 내 모습이 아닐까?' 생각했었다. 한때는 보석처럼 반짝반짝 빛나던 날도 있었지만, 시간이 지날수록 더 위축되어 가는 경단녀가 현실일 뿐이다. 사회와 가정에서, 냉장고 속 굴러다니는 식재료 같은 존재가 되어버린 것 같다. 무언가 삶을 유의미한 것으로 만들어 줄 계기가 필요한데, 그게 무엇일까.

맹숭맹숭하던 접시를 맛깔스러워 보이도록 만든 아보카도처럼 내 삶의 포인트는 어디에 있을까. 축하가 끝나자 약속이라도 한 듯 조용해졌다. 모두 생각에라도 잠겼는지 애꿎은 샐러드만 뒤적였다.

"더워. 태풍이라도 한바탕 휩쓸고 가면 좋겠어."

에어컨을 틀어두었는데도 실내가 답답한지 1204호가 거실 창을 활짝 열었다. 8월의 하늘도 눈이 부시게 푸르다. 태풍이 한 번쯤 지나가면, 더위만 한풀 꺾인다면…… 가슴에 얹은 돌덩이 하나 씻어내고 우리만의 아보카도를 찾아 다시 길을 나설 용기가 생길 것 같다.

상처를 대하는 자세

한낮의 햇살이 제법 톡톡하다. 공원을 산책하다 보면 물오른 나무에서 겨울눈이 사부작거리는 소리가 들린다. 마음이 급한 녀석은 인편 사이로 빼꼼 얼굴을 내밀기도 한다. 바야흐로 봄이다.

새 가지와 어린잎이 나오기 시작하는 3월에서 5월은 봄전정 하기에 좋은 시기다. 전정은 필요 없는 가지를 잘라주는 일을 말한다. 일반적으로 가지치기라 하면 나무의 모양을 아름답게 만들거나 품질이 좋은 과실을 얻기 위한 것이라 생각하기 쉽다. 하지만 가지치기는 나무의 건강이나 함께 살아가는 인간의 안전을 위해서도 중요하다.

어떤 가지를 잘라내는 것일까. 말라죽거나 생장을 멈춘

것, 병충해의 피해를 입은 가지, 아래로 자라거나 웃자란 것이 대상이다. 통풍이나 광합성에 방해가 되는 것 역시 없앤다. 사람이나 자동차의 통행에 장애가 되거나 태풍에 쓰러질 위험이 있는 것도 제거한다. 전정 전에 대상목의 생리적 특성을 충분히 이해하고 있어야 하며, 불필요한 큰 가지부터, 위에서 아래로, 밖에서 안의 순서로 진행한다.

가지치기 이후에 나무는 상처를 어떻게 극복할까. 치명적인 것이 아니라면 스스로 치유하기 위해 노력한다. 전정이 끝난 절단면은 전쟁터와도 같다. 상처 입은 나무는 미생물 침입을 막고 손상을 최소화하기 위해 스스로 방어벽을 만들어 저항한다. 이와 함께 상처 가장자리의 부름켜에서 새로운 세포인 유합조직을 만들어 손상된 부분을 감싸기 시작한다. 스스로를 지키기 위해 병원균과 전쟁을 치르며 나무는 안으로 더 단단해지는 것이다.

이 세상에 아픔 없이 자라는 삶이 있을까. 상처가 지나면 흉터가 남는다. 쉽게 아무는 것도 있을 테지만 오래 고생하며 굵은 옹이가 생기기도 할 것이다. 그러면서 성장하게 되겠지.

보드라운 햇살을 받은 나무들이 은빛으로 빛난다. 휴일의 오후를 뛰어다니는 아이들과 가지치기가 끝난 무궁화나무가 아름다운 그림처럼 보인다. 아이들도, 나무도 고통이 두려워 성장을 포기하는 일이 없으면 좋겠다. 이제까지 마음이 심약한 내 아이를 위한 기도는 '상처받지 말기를.'이었다. 오늘부터 기도를 바꿔야겠다. '상처를 두려워하지 말기를, 그것을 통해 큰 재목으로 발전하기를.'

내비게이션

가릉, 소리를 울리며 자동차가 출발했다. 일주일에 두세 번은 다니는 길이라 오늘은 자신이 있었다. 목적지는 우체국이다. 사무가 많은 남편의 우편물 심부름을 자주 하는 그녀는, 뒷좌석에 택배 박스를 싣고 가벼운 마음으로 운전대를 잡았다.

우체국은 일주일에 나흘이나 다니는 스포츠센터에서 두 블록밖에 떨어지지 않았다. '이 길은 눈 감고도 다닐 수 있을 걸.' 핸들 잡은 손을 까딱거리며 저절로 새어 나오는 허밍에 한껏 즐겁다. 고가도로가 점점 가까워오고 있었다. 아뿔싸! 우체국은 우회전인데 그대로 고가도로에 진입하고 말았다. 제 길이 아니라는 것을 깨달았지만, 이미 늦었다.

운전대 잡은 손에 힘이 들어갔다. 그녀는 머릿속이 복잡해지기 시작했다. '직진했으니 유턴으로 다시 돌아가야 하나, 다음 블록에서 우회전, 다음에서 또 우회전이면 될까.' 생각하다 또 우회전을 놓쳤다. 우왕좌왕하는 사이 차는 어느새 스포츠센터 앞이었다. 그곳에서 그녀의 방향은 언제나 일정했다. 집으로 가는 것 외에는 한 번도 다른 길을 가본 적이 없기에 하는 수 없이 내비게이션을 켰다.

"소요 예정 시간은 3분입니다."

그녀는 길치다. 늘 다니는 길만 운전이 가능하다. 우체국까지는 겨우 3분 거리지만, 방향이 바뀌면 미로에 갇힌 미노타우로스처럼 당황스러웠다. 심지어 오른쪽과 왼쪽의 구별도 쉽지 않다. 남들에게는 별것 아닌 우회전과 좌회전이 그녀에게는 익숙하지 않은 언어처럼 들렸다. 누군가 자동차 옆자리에서 길이라도 안내하는 날은 긴장의 연속이었다. 낯선 골목으로 접어드는 순간, 블랙홀이었다.

자동차 내비게이션은 신세계를 선사했다. 미로를 풀어나가는 아리아드네의 실타래처럼 정확한 길잡이가 생긴 것이다. '전방 100미터에서 좌회전'이라 알려주는 친절한 음성은 방향치 그녀에게는 별 의미가 없다. 비록 작은 화면이지만, 필요한 때 곧바로 눈앞에 나타나는 화살표가 그녀를 구원했다. 광신도라도 된 듯 지시에 따랐다. 그녀는 자신의 날개가 되어준 내비게이션을 무한 신뢰했다. 가끔 정확하지 않거나 둘러가는 길로 안내하기도 했지만.

안전하고 정확한 길을 알려주는 것이 부모의 역할이라 생각한 적이 있었다. 그러면 시행착오 없이 좋은 성과를 내리라 믿었다. 일어나서 잠자리에 들기까지 아이를 졸졸 따라다니는 일을 한동안 했다. 초등학교 때는 숙제나 준비물을 직접 챙기고, 중·고등학교 때도 성적과 입시에 관한 것은 담당 교사보다 월등히 정보와 전략이 많았다. 다행히 제법 잘 따라오는 듯 보였다. 그럴듯한 결과물은 아이 혼자만의 노력이 아니라 그녀와 이인삼각 달리기하듯 함께 이루는 것이라 믿었다.

좋은 운전자가 되지 못했던 것처럼 그녀는 좋은 안내자도 아니었다. 아이의 상황을 살피지 않은 채 목적지를 향한 일방적인 지시를 내릴 때가 많았다. 원칙보다는 순발력이 필요하거나, 어쩔 수 없이 따르지 못하는 경우도 있다는 것을 인정하려 들지 않았다. 마치 아이들이 자신의 바퀴라도 되는 듯 원하는 방향으로 가 주기를 바랐다. 약간이라도 그녀가 그려놓은 길에서 벗어나기만 하면 어김없이 경로를 벗어났다고 큰 소리를 냈다.

그녀가 설정한 그대로 잘 가는 줄 알았던 아이가 반기를 든 것은 이번 봄이다. 이제 엄마의 바퀴로 살지 않겠노라고 선언했다. 원하는 곳이 어디든 혼자서 방향을 설정하고 스스로 달리겠노라고. 그제야 번뜩 정신이 들었다. '나는 실패한 내비게이션이야.' 그녀는 아이를 위한 페이스메이커가 목표였는데, 아마도 헬리콥터 맘이었는지도 몰랐다. 아이들 주위를 헬리콥터처럼 빙빙 돌며 과잉보호를 일삼았는지도.

아이의 선언에 당황한 그녀는 댄 라이언스의 책을 떠올렸다. 작가는 『입 닥치기의 힘』에서 '입 닥치는 부모'가 되라고 조언했다. 아이를 위해 눈을 쓸어버리듯 거침없이 장애물을 제거하는 제설기 맘, 절대 혼자 두지 않으며 끊임없이 이것저것 강요하는 타이거 맘에서 벗어나야 한다고 역설했다. 자녀가 문제를 해결하거나 새롭게 변화시키는 법, 스스로 학습하는 능력을 키우려면 조용한 부모가 되어야 한다는 것이다. 아이들이 성인이 될 때를 대비하려는 마음에서 나온 행동이 오히려 자녀를 나약하게 만드는 일이며, 스스로 성장할 기회를 뺏는 일이라고 말했다. 처음 읽었을 때는 왜 공감할 수 없었을까.

이제 그녀도 알고 있다. 아이는 지금 좌충우돌 자신만의 길을 만들어나가고 있다는 것을. 스스로 판단하지 않고 지시에 따르기만 한다면 실수나 시행착오를 줄이면서 목적지에 빠르게 당도할지 모른다. 하지만 수동적으로 끌려간 길은 다음에도 누군가의 도움을 받아야 한다. 그것이 내비게이션이든, 다른 어떤 것이든. 스스로 길을 찾는 일은, 도착하기까지 많은 시간이 필요할 수 있다. 하지만, 경험을 통해 자신만의 길잡이와 위기에 대응하는 순발력도 생길 것이다.

차는 신호등 앞에 멈추었다. 가을 햇살이 보닛 위로 쏟아져 반짝거렸다.

"빵빵."

창밖으로 날리는 낙엽을 바라보던 그녀가 좌회전 신호에 맞춰 자동차의 핸들을 돌렸다. 얼마나 달렸을까, 내비게이션이 친절하게 말했다.

"목적지에 도착했습니다."

식목일 즈음에

알프스의 고산지대를 여행하던 '나'는 마을이 있었을 것으로 추측되는 황무지 도착한다. 자라는 것이라고는 야생 라벤더밖에 없는 데다 차갑고 세찬 바람이 부는 그곳에서 양치기 노인을 만난다. 노인은 희망이 없는 듯 보이는 땅에 매일 100개의 도토리를 심고 있었다. 누가 시킨 것도 아닌데 묵묵히 나무를 심는 이유는 무엇일까.

식목일 즈음이면 나무 심기에 관한 소식이 많이 들린다. 지자체의 단체장이나 대기업 중심의 큰 행사부터 지인들이 참여한 소박한 식목 행사까지 규모도 수종도 다양하다. 몇 해 전 본인의 이름표를 붙인 나무를 심은 후 매년 보살핀다는 지인의 소식도 있다. 이 무렵이면 장 지오노의 『나무를 심은 사람』을 떠올린다. 작가의 경험에 바탕을 둔 소설은 실존 인물인 양치기 엘제아르 부피에의 생을 통해 나무를 심는 일이 얼마나 중요한 일인지를 생각하도록 만든다.

나무를 심는다는 것은 단순히 땅에 묘목을 심는 행위를 의미하는 것이 아니다. 절망적인 상황을 극복하고자 하는 적극적인 의지이다. 양치기 노인이 심은 도토리가 자라 숲이 되면서 황무지는 살아났다. 물이 흐르기 시작하자 바람은 씨앗을 옮겨왔고, 사람이 모여들었다. 밭에는 채소가, 산기슭에는 보리와 호밀이 자랐다. 세찬 바람만 불던 폐허는 사람들의 밝은 웃음이 넘치는 곳으로 변모했다.

소설처럼 숲은 개인의 삶뿐만 아니라 인류를 위해서도 긍정적인 영향을 주지만, 장소가 마땅치 않다거나 제대로 돌볼 수 없을지 모른다는 우려 탓에 나무 심는 것을 실천하기가 쉽지 않다. 하지만 미리 걱정할 필요는 없다. 집 근처의 자투리땅에 텃밭을 가꾸거나 반려 식물을 집 안으로 들이는 것으로도 비슷한 효과를 얻을 수 있기 때문이다. 한 사람이 전 생애에 걸쳐 사용하는 목재의 양은 46.8㎥이며, 이를 얻기 위해서는 425그루의 나무가 필요하다고 한다. 최소한 내가 사용한 만큼은 미래를 위해 심어야 하지 않을까.

창을 열자 초록 바람이 불어온다. 물오른 연두 사이로 얼

굴을 내민 황매화며 조팝나무, 영산홍의 웃음이 와글와글하
다. '행동이 조금도 이기적이지 않고 더없이 고결한 마음에
서 나왔으며, 어떤 보상도 바라지 않고 세상에 뚜렷한 흔적
을 남긴'* 양치기 노인은 이토록 눈부신 초록 물결을 예측한
것일까. 내가 즐기는 숲은 누군가의 희망이 쌓인 곳이다. 나
는 이제까지 몇 그루의 희망을 심었을까. 봄이 더 깊어지기
전에 몇 그루라도 더 심어야겠다.

* 장 지오노, 『나무를 심은 사람』, 두레아이들, p. 3.

2부

나의
안부들에게

달팽이

아침 6시, 밤새 뒤척이던 남편이 침대 끝에 걸터앉아 나를 바라본다. 그의 시선이 낯설다. 눈길 닿는 곳마다 가늘게 실금이 간다. 자는 척 몸을 뒤척여 돌아눕는다. 등 돌린 어깨 뒤로 눈빛이 잠시 머무는가 싶더니 이내 몸을 일으켜 방을 나선다. 닫히는 문에서 차가운 바람이 인다.

밖에서 부스럭거리는 소리가 들린다. 어제저녁 거실 가득 펼쳐두었던 물건들이 배낭 속으로 자리를 찾아 들어가는 모양이다. 그의 생각도 제자리를 찾는 중일까? 평온을 가장한 마음에서 끊임없이 소요가 인다. 눈을 감은 채 일어나야 할지 자는 척해야 할지 잠시 고민에 빠진다. 그래도 배웅은 해야 할 것 같아 무거운 마음을 일으킨다.

"뭐 좀 챙겨줘? 아침 먹을래?"

"더 자, 가면서 김밥 사서 먹으면 돼."

"커피라도 내려줄까?"

천장에서부터 바닥까지 집 안 가득한 어색함을 쫓아내려 요란하게 주방 창을 연다. 한 줄기 바람이 얼굴에 닿는다. 침묵. 무언가 생각난 듯 공기를 폐부 가득 채우고 그를 바라본다. 단단한 등이 벽처럼 보인다. 할 말은 어느새 입구가 열린 풍선처럼 사라지고 만다.

무안한 듯 커피 분쇄기에 원두를 넣어 요란스레 손잡이를 돌린다. 어색한 침묵 사이를 메우는 달그락 소리, 커피 향기. 오늘 아침 분위기와는 정말 어울리지 않는다. 그럼 좀 어때.

거실에선 남편이 마지막 짐을 차곡차곡 정리하고 있다. 돌아오면 다시 풀 것을 무어 저렇게 많은 것을 지고 가는 것일까? 주말 동안 단 하루 산에서 자는 것일 뿐인데 가지고 가야 하는 장비가 산더미다. 텐트, 침낭, 버너, 코펠, 그늘막, 램프, 매트…….

태풍 전의 고요처럼 낮게 가라앉은 정적 사이로 두 사람이 조심스럽게 만들어내는 소음만 간간이 흐른다. 커피를 텀블러에 담아 현관 콘솔에 올려두고 모른 척 신문을 들춘다. 준비를 마친 남편이 배낭을 어깨에 단단하게 메고 거울을 한번 보더니 현관을 나선다. 마지못해 다녀오겠다는 인사를 하며 나가는 사람보다 콘솔에 남겨진 텀블러에 먼저 눈이 간다.

'끝내 가지고 가지 않았구나.' 커피가 아니라 마음이 거부당한 것만 같다. 정적. 식탁에 앉아 커피를 마신다. 식도를 타고 쌉싸름한 전율이 흐른다. 지난밤, 남편이 '내 인생은?' 하고 말했다. '그의 인생은…… 그의 인생은…….' 이 말은 원래 내가 자주 하는 말이었다.

넝쿨처럼 줄줄이 딸린 시댁 식구들, 별난 남편, 기질적으로 까탈스러운 딸들. 지뢰밭처럼 예기치 못한 곳에서 터지는 갈등의 틈바구니에서 평정을 유지하는 것이 힘들었다. 반짝반짝 빛나는 것들 사이, 혼자만 빛을 잃고 도태되는 것 같아 참을 수가 없었다. 점점 작아져서 없어질 것 같은 날엔 어김없이 남편에게 히스테리를 부렸다. '내 인생은, 나는 어디에 있냐?'라고 소릴 질러댔다. 다른 사람들은 잘 살고 있는데 나만 힘든 것 같아서, 잘게 부서져 흔적조차 없어질까 두려웠다.

남편은 한 사람의 인간으로, 혈기 왕성한 사내로, 집안의 가장으로 거침없고 멋지게 자신의 삶을 가꾸는 중이라고 생각했다. 위기에도 쉽게 흔들리지 않는 강인한 그의 여유가 부러웠다. 혼자만 종종거리며 애쓰는 것 같아 더 마음이 상했다. 어제저녁 그의 말은 송곳처럼 명치에 와서 부딪혔다. '저이도 나만큼 힘들었구나.' 하는 생각이 그제야 들었다. 갑자기 어색해진 우리는 저녁 내내 한마디도 나누지 않았다. 미안하기도 했고, 한편으로는 '그럼에도 불구하고 나는?' 하는 생각이 없었던 것도 아니다.

손에 쥔 커피잔이 뿌옇게 흐려진다. 눈을 한번 깜빡거리고는 식탁에서 일어나 베란다 창을 열고 아래를 내려다본다. 봄 햇살은 금빛 가루를 뿌리는데 마당으로 걸어 나가는 남편은 검은색의 조그마한 점처럼 보인다. 구부정하게 숙인 어깨 위에 웅크린 사내가 하나 올라탄 것 같다. 밖으로 나서는 그의 모습에서 불현듯 며칠 전 화단에 풀어준 달팽이가 오버랩 된다.

시장에서 달팽이 한 마리가 따라왔다. 푸성귀를 손질하다 발견한 녀석을 손바닥 위에 올려놓고 한참 동안 바라보았다. 제 몸보다 큰, 무겁고 버거운 집을 지고 어디로 가는 길이었을까. 느릿느릿한 움직임이 안쓰러워 파릇하게 물이 오른 화단에 풀어주었다. 녀석은 천형 같은 제집을 등에 업고 지금도 열심히 기어가고 있을 것이다.

남편이 멘 80리터의 배낭이 흡사 달팽이집 같다. 저 안에 자신이 평생 짊어져야 할 짐을 다 넣은 것인지도 모른다. 부피가 크고 무거운 텐트라는 이름의 시댁 식구들, 그릇이지만 채워주어야 소리가 나지 않는 코펠이라는 이름의 아내, 밝게 빛나고 사랑스럽지만 가까이 가면 상처를 입히기도 하는 불꽃 램프 같은 딸들. 그에게 지워진 것이 참 많았구나. 어쩌면 즐거움을 위해 등산을 하는 것이 아니라 짐의 무게를 견디기 위해 산을 오르는 것이었을까.

한때는 근육이 단단하게 잡혀 허벅지가 터질 것 같던 바짓가랑이가 헐렁해 보인다. 살아간다는 것이, 살아낸다는 것이 시련을 통해 맷집이 잡힐 법도 한데, 힘들기는 마찬가지인가 보다. 짐 하나 없이 매끄러운 민달팽이인 나도 매일 이렇게 비명을 지르는데 제 몸보다 큰 짐을 진 남편은 얼마나 무거웠을까. 결혼할 때는 둘 다 등이 매끈하고 날렵하게 생긴 민달팽이였다. 어느새 삶의 더께가 쌓여 저이는 제 몸보다 큰 짐을 혼자서 지고 있었구나.

햇살이 달팽이를 덮는다. 눈을 한번 감았다 뜨면 눈부심 속으로 그가 사라질 것 같아 갑자기 겁이 난다. 나는 베란다 창에 매달려 큰 소리로 남편을 부른다.

"여보!"

달팽이가 깜짝 놀라 위를 올려다본다.

"커피 가지고 가요."

콘솔 위에 있던 텀블러를 들고 현관을 뛰어나가 엘리베이터를 누른다. 민달팽이는 문득 '남편의 어깨에 매달려 있기는 하지만 너무 무거운 짐이 되지는 말아야지.' 하고 생각한다. 그의 부담을 나누어 내가 함께 지더라도 덜어낸 무게만큼의 책임감이 또 배낭에 실릴 것이다. 그러니 내가 또 다른 짐은 안 되어야지.

아까시 향을 안고 봄바람이 불어온다. 생기 가득한 햇살이 부드럽게 몸을 감싼다. 아찔함에 잠시 눈을 감는 사이, 갑자기 겨드랑이가 가려운 것 같다. 내게도 보이지 않는 집이 생기려나 보다. 부풀어 오른 이팝나무가 팡팡 봄을 터뜨리고 있다.

눈과 오르골

유리구슬 속 마을을 바라본다. 미니어처로 만들어진 집과 전나무 위로 눈이 소복하게 앉아 있다. 투명한 구球 위에 앉은 먼지를 훑어내고 태엽을 돌리자 음악 소리에 맞춰 가만가만 눈송이가 내려앉는다. 시선은 오르골에 멎어 있는데 생각은 몇 년 전 홋카이도로 이동한다.

풀리지 않는 매듭처럼 사람들 사이의 관계가 꼬일 때가 있다. 어려울 때 도와주었고 마음을 다해 위로해 주었던 지인은, 문제가 해결되자 나를 멀리했다. 자신의 힘들었던 상황을 알고 있어 불편했는지 주변 사람들에게 의도가 왜곡된 말을 옮기고 다녔다. 나름 숙고한 것을 행동으로 옮기는데도 사면초가로 내몰릴 때면 어김없이 무력감이 찾아왔다. 헛

헛함과 열감에 견디기 힘들어 자주 눈 내리는 풍경을 검색했다. 펑펑 내려 쌓이는 눈이라도 본다면 답답한 마음이 가라앉을까. 잠깐의 증발을 꿈꾸며 홋카이도행 티켓을 샀다.

국제선 출국장의 생기는 삿포로를 향하는 이코노미석 의자에 앉자마자 빛이 바래기 시작했다. 입국심사를 마치고 누구나 꿈꾸는 눈의 도시에 도착했다는 행복한 기분이 들기도 전에, 겨울 나목만 빽빽한 숲길을 끝없이 달렸다. 불편한 비행과 장시간의 이동 탓에 온몸은 물에 젖은 택배 박스처럼 귀퉁이가 너덜너덜했다. 괜히 움직였나 하는 후회가 목구멍까지 올라왔다. 어디든 지친 몸을 들이밀고 싶다는 생각이 간절할 즈음 멀리 불빛이 보였다.

며칠 머물 요량으로 도착한 숙소는 세월의 더께가 앉아 숙박비가 저렴한 대신 고급스러움이라고는 눈을 씻어도 찾을 수 없었다. 바싹 마른 타월처럼 건조한 직원들과 쉽게 친해질 수 없는 로비의 음식 냄새, 욕실 구석에 똬리를 틀고 앉은 푸른곰팡이, 반쯤 시들어가는 화분이 있는 다이닝룸. 아무도 내게 관심이 없어 한편으론 오히려 그것이 더 마음에 들었다. 제설된 도로 옆으로 허리께까지 눈이 쌓인 모습은 여행안내서에서 본 그대로였다. 정물처럼 보이는 이곳에서 셔틀버스를 타고 번화가로 나가지 않는다면 아무도 나를 찾을 수 없을 것 같은 고립감이 좋았다.

"국경의 긴 터널을 빠져나오자 눈의 고장이었다. 밤의 밑바닥이 하얘졌다."* 온통 둘러보아도 설국이었다. 내린 눈이 채 녹지 않고 그대로 사위를 덮고 있는데, 또 눈이 내렸다. 주변의 풍경은 이전과 다른 것이 되었다. 잎을 떨군 나무와 세월의 흔적이 덧대진 건물, 얼룩덜룩한 도로와 진흙이 잔뜩 묻은 자동차까지 모든 사물을 하얗게 덮어버렸다. 앙상하던 겨울은 백색 이불을 덮고 편안한 쉼에 빠져있었다. 나도 저 포근함 속에 들어간다면 안에서 끓어올랐던 원망과 아쉬움, 섭섭함이 순백에 덮여 사라질 것 같았다. 마음에 아무런 응어리도 없이 마냥 들뜬 사람처럼 로비를 빠져나왔다.

사각사각 눈 내리는 소리에 발자국 소리를 더했다. 생각을 정리하려는 듯 물구나무선 자작나무 가지에 하얗게 꽃이 피었다. 기온이 차가울수록 선명한 빛을 띠는 나무의 눈동자들이 나를 바라보았다. '아, 나는? 내 안에는 무엇이 있었지?' 이제까지 내가 보고 싶은 것만 보고 듣고 싶은 것만 들었던 것은 아니었을까.

모자도, 코트도 없이 주변을 돌아다니다 들어오는데 복도에서 오르골 소리가 들렸다. 그러고 보니 도착하던 순간부터 지금까지 늘 따라다니던 것이었다. 드르륵 딸깍 태엽 소리에 이은 오르골 음악에 맞춰 춤이라도 추는 것처럼 밖에 선 눈송이가 날렸다. 로비에 앉아 몸에 묻은 물기를 닦을 생각도 없이 치아를 덜덜 떨며 밖을 바라보고 있자니 우습게도 마음이 후련했다. 문제의 중심에서 한 발짝 떨어져 바라보니 정수리에서부터 차가운 물을 들이부은 듯 선명해졌다. 나는 상대의 입장을 제대로 헤아린 것일까.

단단하게 묶여 있던 매듭이 기다리기라도 했던 것처럼 스르르 풀렸다. 침잠의 시간 동안 맺혀 있던 응어리 위로 소리 없이 눈이 내렸나 보다. 갈등을 직시하고 바라본 적은 없지만 어쩌면 내게도 문제가 있었던 것인지도 모른다. 혹시 지인에게 위로를 건네는 어투에 문제가 있었을까. 나의 조언에 무조건 따르기를 강요하지는 않았을까. 불화의 원인을 외부에서만 찾은 것인지도 몰랐다. 돌아가면 진심을 담은 인사를 해야겠다고 생각하자 몸도 마음도 편안해졌다.

홋카이도를 배경으로 한 이와이 순지 감독의 영화 <러브레터>는 어긋난 첫사랑과 잃어버린 사랑을 이야기하고 있다. 사랑하는 약혼자 이츠키를 조난사고로 잃은 히로코는 졸업앨범에 있는 주소로 편지를 보내고 그것은 동명이인인 여자에게 닿는다. 서로 몇 통의 편지를 주고받으며 히로코는 연인의 마음을 들여다볼 수 있었다. 눈 덮인 설원에서 주인공이 약혼자에게 보내던 인사는 영화의 백미로 꼽힌다. "잘 지내나요? 나는 잘 지내요." 죽은 이에 대한 이해와 작별의 인사는 어쩌면 남은 이들이 살아가기 위한 화해의 의식이었다.

눈이 멎자 시린 하늘이 명징해졌다. 펼쳐진 설원을 히로코처럼 달려 자작나무 숲 앞에 섰다.

"괜찮아, 잘 될 거야. 괜찮아, 잘 될 거야."

과거의 나에게 작별을 고하고 남은 시간을 더 잘 살아내기 위한 화해의 의식을 치렀다. 소리는 들녘 끝 소실점 너머로 사라지고 마음이 씻은 듯 맑아졌다.

풀리지 않는 매듭처럼 사람들과의 관계가 불편할 땐 태엽을 감는다. 잔잔하게 음악이 흐르자 미니어처 세상이 활기를 띠기 시작한다. 그 안에 홋카이도의 설원에서 역지사지易地思之를 배우던 내가 있다. 고요해진 오르골 너머로 가만가만 봄눈이 내린다.

* 가와바타 야스나리의 『설국』

가이드 러너

출발신호가 울린다. 서로의 한쪽 손을 끈으로 묶은 두 명의 선수가 함께 달리기 시작한다. 한 사람은 안대를 착용했고 다른 이는 형광색 유니폼이다. 상대의 호흡에 의지해서 달리는 둘의 간격은 50cm를 벗어나지 않는다. 화면 밖에서도 느낄 수 있는 팽팽한 긴장감에 바라보는 입술이 바짝 타들어 간다.

시각장애인 운동선수와 비장애인 동반자 가이드 러너 guide runner의 마라톤 장면이다. 가이드 러너의 역할은 앞이 보이지 않는 파트너를 위해 길을 안내하는 것이다. 선수들은 2인 3각 달리기하듯 리듬을 맞춰 함께 간다. 빛을 인지하는 것조차 어려운 선수는 암흑 속에서 오로지 동행의 호흡과

소리에만 의존하여 결승선에 도착해야 한다. 그러는 동안 한 명이 앞서거나 뒤로 처지지 않도록 끊임없이 서로의 보폭과 속도를 살피거나 느낀다. 무한 질주의 동력은 상대에 대한 절대적인 믿음이다. 그들이 보여주는 삶에 대한 긍정적인 파장이 화면 밖의 내게도 느껴진다.

깨진 유리 화병인 양 마음이 산산조각 난 일이 있다. 닿을수록 상처가 생기는 인연이 이어지며 자주 삶이 버거웠다. 늘어진 물미역처럼 발목을 잡아끄는 관계들은 내 안에서 생채기를 키웠고, 채 아물기도 전에 덧나기 일쑤였다. 아침을 맞이하는 것이 힘들 만큼 기운이 없다는 내게 의사는 정신적인 문제라고 했다. 생각을 단순하게 가져야 한다는 처방에 쉽게 수긍할 수 없었다. 내면은 이미 터지기 직전의 종기와 같은데 어떻게 그럴 수 있단 말인가.

늪은 깊고 집요했다. 암흑인 듯 앞이 보이지 않아 스스로 빠져나오기 힘이 들었다. 손을 잡아줄 누군가가 필요했지만, 침잠한 영혼을 끌어올릴 가이드 러너는 없었다. 늪은 끈질기게 소용돌이를 만들었고 나는 날마다 그 안으로 빨려 들어갔다. 사람이, 따뜻한 눈빛이 그리웠다.

미국 민요 <Follow the Drinking Gourd>는 북두칠성을 이용하여 북극성을 찾는 방법이 들어있는 노래다. 북두칠성은 나침반이나 길이 없는 곳에서 길을 찾을 때 요긴한 별자리로 북반구에서는 일 년 내내 볼 수 있다. 민요는 남부에서 탈출한 흑인들이 자유를 찾기 위해 별을 따라 북쪽으로 이동하는 것을 암시한다. 탈출루트인 '지하철로'에는 곳곳에 비밀결사 대원들이 자리하고 있어, 안내자의 역할을 했다. 그들은 도망 중인 사람들을 위해 길가나 집 창틀에 암호처럼 식별표를 묶고, 그것을 따라갈 수 있도록 만들었다. 마치 앞이 보이지 않는 운동선수가 가이드 러너를 따라 달리듯.

오랫동안 친분을 유지한 벗이 있다. 지병으로 시각을 잃은 그녀와 만나면 한쪽 팔을 내어주며 평소와 달리 말이 많아진다. 장애물의 위치와 계단의 개수, 건물 근처에서 어느 방향으로 몸을 틀어야 할지 미리 알려주어야 하기 때문이다. 그니는 행동의 제약을 극복하기 위해 내게 무한한 신뢰를 보내며 따른다.

뭉근하고 진득한 심성을 지닌 그녀와 오래된 인연에 대해 이야기를 나눌 때였다. '너도 보면 기억이 떠오를 거야.'라는 내 말에 '나는 볼 수가 없는데, 보면 기억이 나다니. 내게 보여줘 봐.'하며 큰 소리로 웃었다. 그녀만이 할 수 있는 농담이기에 함께 박장대소를 했지만, 나중에야 깨달았다. 얼마나 오랫동안 딱지가 앉았다 떨어지기를 거듭했으면 이처럼 대

수롭지 않게 말할 수 있을까. 손가락에 난 상처처럼 내 고민들이 갑자기 시시해졌다. 배려와 공감을 받는 것은 사실, 친구가 아니라 나였다.

생각해 보면 많은 것들이 내게 손을 내밀고 방향을 알려주었다. 따뜻한 이의 말 한마디, 천진한 아이의 시선과 나이든 이들의 유연한 태도에서 삶의 지혜를 배웠다. 어떤 때는 꽃, 나무, 새들이, 또 어떤 때는 빗줄기, 햇살, 구름, 바람, 낙엽이 외로운 나의 옆을 지켰다. 혼자서는 풀지 못할 문제에 맞닥뜨리거나 폭주하는 울화, 끝없는 위기를 견디는 힘이 되었다.

오만하게도, 한때는 모든 것을 눈으로 보아야만 이해할 수 있다고 믿었던 적이 있다. 이제는 보이지 않아도 스스로 드러나는 진실들이 있음을 안다. 그런 것은 종종 알아채지 못하도록 우리 주변에 조용히 존재하다가, 어느 순간 양각으로 도드라져 자신을 드러낸다. 오랜 시간 내적으로 성숙하여 너그러운 마음을 지닌 친구처럼, 미로 같던 산길에서 만난 인식표처럼, 작은 일에도 공감해 주는 이웃처럼 말이다. 나보다 먼저 역경을 겪은 사람들이 뒤따를 이들을 위해 남긴 표식이다. 그렇기에 방황하는 여행자의 시선에 가장 가까운 곳에 이정표가 서 있다. 암흑에서 방향을 안내하는 가이드

러너, 길을 찾는 이들을 위한 북두칠성처럼.

화면을 바라보는 손바닥이 촉촉하게 땀으로 젖는다. 일정한 간격을 유지하며 달리는 두 사람의 호흡이 초원을 달리는 치타와 치타의 그림자 같다. 잠시 후, 둘이 결승선을 통과한다. 간절하게 바라던 목표를 달성한 선수들은 관중의 환호를 받으며 시상대 제일 꼭대기에 우뚝 선다. 두 동행자의 목에 걸린 메달이 밤하늘 북극성처럼 빛난다.

이름을 불러 본다

9월로 접어들자 맹렬하던 햇살이 기세를 누그러뜨렸다. 쨍한 한낮만 피한다면 공원은 서늘해진 바람을 즐기기에 안성맞춤이다. 성큼 찾아온 가을이 반가운 사람들은 약속이나 한 듯 팜파스그라스며 수크령이 넘실거리는 사이를 걷는다. 나도 커피 한 잔을 들고 무료한 고양이처럼 이곳저곳을 어슬렁거리다 막 달아오른 단풍나무 아래 벤치에 앉았다. 코를 킁킁대며 가을 향을 찾는데 소리가 들려왔다.

"시내야."

무의식적으로 고개를 돌렸다. 여섯 살쯤 되었을까, 여자 아이가 백일홍 군락 사이 오솔길에서 넘어졌다. 달려온 엄마가 놀라 울음을 터뜨리는 아이를 일으켰다. '네 이름이 시내

구나.'

스스로 선택할 수 없는 것 중에서 가장 중요한 것이 이름이 아닐까. 요즘도 예사로운 것은 아니지만 내 연배에는 특이하게 취급받았던 나는 '시내'다. 예전 어른들은 이름을 지을 때 그 사람이 살았으면 하는 방향을 담는 경우가 많았다. 아마도 아버지의 속뜻 역시 그러했을 것이다. 딸아이가 험한 세상을 살아가면서 거센 파도에 휩쓸리지 말기를, 골짜기의 냇물처럼 쉼 없이 앞으로 나아가기를 기원하는 마음이었으리라.

이름처럼 살기를 바란다는 것에는 어떤 주술적인 힘이 있는지도 모르겠다. 의도한 것이든 아니든, 호명이 거듭되며 내 정체성의 중요한 부분을 차지해 왔다. 이제까지의 삶이 부모님이 바라왔던 모습으로 잘 흘러왔는지는 아직 의문이지만, 이름은 나의 사고와 행동과 더불어 '송시내'라는 의미를 형성해 왔다.

초등학교에 들어가면서 순우리말 이름이 평범하지 않다는 것을 알게 되었다. 이쁘지 않은 데다 누구나 다 있는 한자도 없어 친구들의 조롱거리로 충분했다. 선생님들도 흥미로웠는지 신학기가 시작되면 수업시간마다 호명되었다. 낯가림 심한 성격 탓에 수업 시작종이 울릴 때면 여간 부담스러운 게 아니었다. 다른 아이들처럼 한자어를 사용해 '믿을 신信, 사랑 애愛'를 썼다면 학년을 올라가는 것이 더 즐겁지 않았을까. 연습장에 아무도 몰래 '신애'라 썼다 지우곤 했다.

그 무렵 두 번째 이름이 생겼다. 외모나 성격을 따서 친구들이 지은 별명이다. 이것도 내가 원하던 것은 아니었다. 송사리, 땅콩, 젓가락 같은 것으로 불릴 때면 놀림 받는 기분이 들었지만 누구든 한두 개의 우스꽝스러운 이름이 붙여졌기에 거부할 수는 없었다. 다행히 별명은 시절 인연과 같아서 함께하던 시간이 지나자 추억으로만 남았다. 가끔 친구들을 만나도 서로를 예전처럼 익살스레 부르기에는 그 시절로부터 너무 멀리 와버렸다.

모든 이름을 타인이 짓는 것은 아니다. 본인이 직접 짓기도 한다. 작가들의 필명이나 연예인들의 활동명처럼 자신이 정하는 이름에는 다양한 이유가 있다. 브론테 자매는 당시의 영국 사회에 만연하던 남녀 차별 탓에 남자 이름을 필명으로 사용했다. 소설가 정이현은 소설을 쓰는 '나'와 일반인인 '나'를 구분하기 위해, 박노해는 자신이 꿈꾸는 세상을 필명으로 사용한다.

인터넷 커뮤니티에 가입하면서 내게도 스스로 지은 닉네임이 생겼다. 세 번째 이름이었다. 온라인의 적당한 익명성이 좋았다. 비로소 쉽게 각인되는 이름이 주는 피로감에서 벗어날 수 있었다. 사적인 영역을 감출 수 있다는 것도 매력이었다. 일부러 다른 사람과 비슷한 닉네임 뒤에 숫자를 붙여 사용했다. 그런데 복병이 있었다. 존재감 없는 이름은 쉽게 잊혔다. 한 귀로 흘려버리는 탓에 상대에게 두 번 세 번 반복해서 알려주어야 겨우 기억할 수 있었다. 스스로 지은 첫 번째 이름은 생각과는 달리 썩 만족스러운 결과를 주지 못했다.

고대 로마의 격언에 '이름이 곧 운명Nomen est omen'이라는 말이 있다. 그런 의미에서 '주인공의 이름이 정해지면 극의 반은 완성된다.'는 어느 희곡작가의 말은 충분히 공감을 얻는다. 나는 지금 새로운 이름을 꿈꾼다. 앞으로 이루고 싶은 모습, 바라는 세상은 어떤 것일까. 나를 정의할 수 있는 하나의 단어를 찾아가는 일은 내 안에 존재하는 또 다른 페르소나를 발견하고 생명을 불어넣는 일이다. "나의 이 빛깔과 향기에 알맞은"* 이름은 무엇일까.

울음을 그친 아이가 엄마 손을 잡고 재잘거린다. 아이의 머리 위로 수굿해진 햇살이 가을볕을 뿌린다. 저 여섯 살의 시내는 자라면서 몇 개의 이름을 갖게 될까.

"시내야!"

조용히 이름을 불러 본다.

* 김춘수의 「꽃」

조르바, 조르바

순전히 새해이기 때문이었다, 물을 무서워하면서 덜컥 수영을 시작한 것은. 비슷하게 흘러가는 날의 연속이지만, 1월 1일이면 떠오르는 해도 보아야 하고 덕담도 나누어야 한다. 더불어 한해를 아우를 새로운 계획도 세워야 할 것 같다.

일출을 보고 돌아와 커피를 마시다 무심결에 나온 말이 발단이었다. 며칠 전 오랜만에 만난 친구의 수영 정복기를 들은 탓인지도 모른다. 다른 때 같았으면 절대 시도하지 않았을 일은 그렇게 실행으로 이어졌다.

무언가를 새롭게 배우는 일은 오랜만이었다. 물에서 하는 운동은 약간의 설렘과 큰 두려움을 주었다. 며칠은 어린이용 풀에서, 그것도 가장자리에 앉아서 하는 발차기 연습이라 힘들지 않았다. 제법 할만한데, 하는 착각도 들었다.

잠깐의 탐색이 지나자 제대로 된 교육이 시작되었다. 물속에서 이토록 정성스러운 허우적거림이라니. 바닥에 발이 닿지 않아서, 얼굴을 물속에 집어넣은 상태라서 불안이 쉽게 사라지지 않았다. 한 달이 지나자, 대열의 맨 끝에서 애쓰는 내 실력과는 상관없이 배영이 시작되었다.

출렁이는 물결에 등을 대고 누워야 한다. 눈을 천장에 고정하기 때문에 가려는 방향을 볼 수 없다. 게다가 언제든 당신을 삼킬 수 있노라고, 물살은 귓가에 대고 계속해서 속삭였다. 공포감에 힘이 들어간 몸은 자꾸 뻣뻣해졌다.

"힘을 빼야 가라앉지 않아요."

위를 향해 눕기만 하면 어김없이 고픈 배를 가득 채울 만큼의 물을 마시고 올라왔다. 수비수를 따돌린 공격수처럼 돌진하는 물 때문에 코는 찡하고 귀는 먹먹했다. 긴장한 탓인지 목덜미와 어깨까지 얼얼했다. 강사는 배영 수업이 시작되자마자 연거푸 가라앉는 내게 계속해서 힘을 빼야 한다고 이야기했다. 말이 귀에 꽂히는 것에 비례해서 몸엔 힘이 들어갔고, 어김없이 머리는 물속으로 가라앉았다. '너를 삼킬 수 있어.'와 '힘을 빼야 합니다.'가 양쪽 귀에서 스테레오처럼 윙윙거렸다.

힘을 빼는 일엔 별로 익숙하지 않다. 육신은 물론 정신 또한 상황에 맞춰 힘 조절이 가능할 만큼 유연하지도 못하다. 안 그런 척 감추다 보니 더욱 경직되었고, 시간이 지나며 고착되었는지 모르겠다. 일부러 버겁게 계획을 세우고 지키기 위해 힘들도록 자신을 다그쳤다. 필요 이상으로 일어나지 않은 일을 걱정하며 주변인들에게 나의 방식을 강요하기도 했다. 타인의 눈에 비치는 모습에 신경을 곤두세우다가 결국 나뿐만 아니라 주위 사람들까지 지치도록 만들기도 했다.

　　그렇다고 정작 힘을 주어야 하는 상황에서 그럴싸하게 힘을 주지도 못했다. 초점을 제대로 맞추지 못하는 카메라 렌즈처럼 늘 핀트가 약간씩 어긋났다. 적절한 조절이 필요한 시점에서 끈을 너무 강하게 잡아당겨 긴장의 줄이 끊어져 버리는 일이 많았다. 상황에 유연하게 반응하지 못해 갑자기 분위기 싸하게 만드는, 그런 사람이었다.

　　"항구도시 피레에프스에서 조르바를 처음 만났다."로 시작하는 니코스 카잔차키스의 소설 『그리스인 조르바』는 삶의 진정한 본질과 자유의지에 대해 다루고 있다. 과도한 걱정과 압박에서 벗어나 '힘을 빼고' 현재를 살아가기를 권한다. 소설 속 화자인 나와 조르바의 삶은 상당히 대조적이다. 책과 사색을 통해 인생의 의미를 찾고 이론과 계획에 의존하는 화자와는 다르게 조르바는 경험과 실천을 통해 삶을 배우며 현재의 행복을 중요하게 여긴다. 사회적 규범과 기대에 얽매여 잔뜩 힘이 들어간 화자는 조르바를 통해 여유와 자유로운, 힘 빼고 사는 삶에 대해 배운다.

"힘을 빼야 해요."

외치는 강사는 소리를 뒤로 하고 경직된 몸을 스타트 라인에 살짝 뉘었다. 두려움에 어깨가 잔뜩 웅크려 들었다. '까짓것, 물 좀 더 먹으면 어때.' 목덜미와 어깨, 허리까지 물살에 몸을 맡겼다. 감추려 할수록 드러나는 결점을 극복하는 방법은 어쩌면 있는 그대로를 인정하는 것인지도 모른다. 완벽해지기 위해 잔뜩 경직되어 세상을 살아가는 것이 아니라, 자연스럽게 흘러가는 대로 두면 어떨까. "두목, 이 세상일은 간단한 거예요. 몇 번이나 말씀드려야 해요? 간단한 걸 가지고 자꾸 복잡하게 만들어 헷갈리게 하지 말래도!"* 귀에 대고 조르바가 속삭였다.

수면에서 잔잔하게 파문이 일었다. 물살이 옆얼굴을 간질였다. 햇살이 뜨거운 에게 해, 크레타의 바닷가에서 조르바와 함께 있었다. 어느새 그는 해변에서 춤을 추고 있다. 나는 지구의 표면 위에 뜬 하나의 점으로 존재한다. 얼마나 물 위에 누워있었을까. 강사의 또 다른 외침이 들렸다.

"이제 팔에 힘을 주고 저으세요. 빠르게 전진하려면 팔을 강하게 저어야 해요."

수면 아래 숨어있던 팔을 힘차게 위로 들어 올렸다. 또 가라앉았다. 어쩌란 말인가. 기껏 힘을 뺐는데 다시 힘을 주라니. 힘을 주는 것과 빼는 것 사이에서, 결정적 순간에 동물적으로 반응할 수 있다면 얼마나 좋을까.

"두목은 아직 멀었어요."

산투르를 연주하던 조르바가 귓가에 대고 껄껄 웃었다.

* 니코스 카잔차키스의 『그리스인 조르바』

버킷리스트를 쓸 시간

1월의 어원인 야누스Janus는 로마신화 속 문지기 신이다. 그는 뒤통수에 붙은 얼굴로는 과거를 바라보며, 정면은 미래를, 몸은 선물 같은 현실에 두고 있다. 야누스는 희망과 불안, 앞과 뒤, 시작과 끝처럼 양면적인 것의 조화를 관장하는 역할을 한다.

자연에 대한 통찰력을 바탕으로 서정적인 이름을 짓는 것으로 유명한 아메리카 인디언들은 1월을 '마음 깊은 곳에 머무는 달, 눈이 천막 안으로 휘몰아치는 달, 얼음 얼어 반짝이는 달, 위대한 정령의 달, 중심이 되는 달'로 표현한다. 그들은 매서운 한겨울의 추위 속에서 서로 인사를 나누며, 자신의 내면을 단단하게 다듬어 다가올 봄을 준비하는 것이다.

문을 지키고 선 야누스처럼 1월은 과거를 읽어내는 것을 통해 미래를 준비하는 지혜를 발휘하는 시간이다. 새해가 되면 새롭게 떠오르는 태양을 보며 중요하게 이루어야 하는 목표부터 작고 사소한 습관 들이기까지 계획을 세운다. 당장 오늘부터 매일 실천해야 하는 것이 있는가 하면 장기적으로 차근차근 진행해야 하는 것도 있다. 다이어리를 펼치면 하고 싶은 일과 해야 하는 일의 목록이 빼곡하다.

삶은 현실을 바탕에 두고 있기에 해야만 하는 일은 주변에 넘쳐난다. 하지만 해보고 싶은 일은 당장 급하지 않은, 말 그대로 희망 사항이라 언제나 우선순위에서 밀려날 수밖에 없다. 또 어떤 것은 현실적으로 실현 불가능한 목표일 때도 있다. 하지만 버킷리스트는 메마른 사막 한가운데 숨겨진 오아시스처럼, 건조한 삶을 견딜 수 있도록 해주는 꿈의 목록이다.

만약 내게 살 수 있는 시간이 1년밖에 남지 않았다면 죽기 전에 꼭 하고 싶은 일들은 어떤 것이 있을까? 롭 라이너 감독의 2007년 영화 <버킷리스트>의 출발점이다. 버킷리스트는 꿈의 목록이다. 중세 시대에 자살할 때 목에 밧줄을 감고 발아래 양동이를 차는 행위에서 비롯되었지만, 지금은 삶을 마감하기 전에 살아내고 싶은 순간을 기록한다. 아마도 자신의 삶을 돌아보며 스스로에게 던지는 질문일 것이다.

혼자서는 도시락 뚜껑 하나도 제대로 벗기지 못하는 괴팍한 성격의 백만장자 에드워드와 가난하지만 화목한 가정이 있는 카센터 정비공 카터가 등장한다. 잭 니컬슨이 죽음을 앞둔 재벌사업가 에드워드, 모건 프리먼이 자동차 정비사 카터 역을 맡았다. 접점이 전혀 없을 것 같은 두 주인공은 시한부 선고를 받은 말기 암 환자로 같은 병실에서 만난다. 죽음을 앞두고 카터가 작성한 버킷리스트에 에드워드가 자신의 리스트를 더하며 얼마 남지 않은 시간 동안 '하고 싶던 일'을 실천하기 위해 함께 여행을 떠난다.

스카이다이빙, 카레이싱, 세렝게티에서 사냥하기, 몸에 문신하기, 낯선 사람 도와주기, 눈물 날 때까지 웃기 같은 것을 함께 실행하며 두 사람은 지나온 삶을 되돌아보고 인생의 의미를 깨달아간다. 서로에게 영향을 주고받으며 하나씩 항목을 지워나가던 주인공들은 버킷리스트가 다 지워질 무렵 세상을 떠난다. 그들이 수행하지 못한 마지막 목록인 '장엄한 광경보기'는 둘의 분골을 평소 카터가 즐겨 마시던 인스턴트커피 캔에 넣은 후, 히말라야 정상의 돌탑에 넣어두는 것으로 완성된다.

에드워드와 카터가 피라미드에 앉아 고대 이집트에서 밑

었던 사후세계에 관한 이야기를 나누는 장면이 있다. 죽음 이후 천국에 들어가기 위해서는 신이 묻는 두 가지 질문에 대답해야 한다. 첫 번째는 삶의 기쁨을 찾았는가, 두 번째는 남에게 기쁨을 주었는가. 삶의 기쁨을 찾기는 그리 어려운 일이 아닌지 모른다. 하지만 남에게 기쁨을 주었냐는 물음에는 선뜻 그렇다고 대답할 수가 없다. 타인에 대한 깊은 이해와 선의를 받아들일 준비 없이는 이루어질 수 없는 일이기 때문이다.

1월, 발산하려는 에너지를 내면으로 끌어당겨 스스로를 바라보자. 그리고 마음속에만 꼭꼭 숨겨놓았던 리스트들을 하나씩 떠올려보자. 너무 거창한 것이라 당장 이루기에는 현실감이 없거나 유치한 것이라 입 밖으로 내놓기 창피하면 어떤가. 생활 속에서, 사람들과의 관계 속에서 꼭 하고 싶었던 것이나 해야만 하는 일을 생각해 보자. 소원했던 사람에게 연락하기, 진심 어린 사과하기처럼 두려움을 핑계로 미뤄두었던 사소한 것들부터 먼저 해보면 어떨까. 나는 당신의 가장 실현하기 어려운 버킷리스트를 응원한다.

우리 시대의 사랑

"뭐라 부를까?"

"사만다, 내가 지은 거야."

"좀 이상하다. 그냥 컴퓨터 목소리잖아."

"비인공지능자의 관점으론 그렇게 볼 수도 있지, 곧 익숙해져."

다른 사람의 편지를 대신 써주는 대필 작가 테오도르는 어느 날 인공지능 운영체계가 설치된 기기를 산다. 운영체계를 여성으로 설정하자 기계는 자신의 이름을 사만다로 정한다.

내성적인 테오도르는 감성적이고 공감 능력이 뛰어난 사만다로 인해 인간관계에서 생겨난 상처들을 회복하고 행복감을 느낀다. 시간이 지날수록 그는 자신이 사만다를 사랑한다는 사실을 깨닫는다. 점점 친밀해진 둘은 성적인 교감까지 나누게 된다. 스파이크 존스의 영화 <her>는 2025년의 로스앤젤레스가 배경이다.

영화를 처음 볼 때만 해도 먼 미래의 일이라 생각했지만 불과 몇 년이 지나고 않아 알파고가 이세돌을 이겼다. 이후 인공지능에 기반을 둔 것들이 생각보다 빨리 인간의 삶에 밀착하기 시작했다. 영화 개봉으로부터 채 10년이 되지 않아 모두의 예측은 현실이 되었다.

2022년 출시한 인공지능 챗봇인 챗지피티ChatGPT는 출시 5일 만에 사용자 수 100만을 돌파했다고 한다. 월간 이용자 수 1억 명 경신까지는 고작 2개월의 시간만이 필요했다. 구글의 8년, 유튜브의 2년 10개월에 비하면 빛의 속도라는 말이 과장은 아니다. 어쩌면 지금 우리가 겪는 혼란은 과거 산업혁명 시기를 살아온 이들과 비슷한지 모른다. 새로운 시대의 전환점에서 새 문명을 받아들이지 못하거나 배우기 위한 최소한의 노력도 없다면 도태는 불 보듯 뻔하다.

근래 들어 생활 속으로 들어온 인공지능 컴퓨터를 자주 느낀다. 전화기의 스피커를 비서처럼 사용하고, AI 허브에 대한 음성 명령만으로 가전제품을 작동한다. 자율주행으로 큰 노력을 들이지 않고 운전도 가능하다. 챗봇을 통해 마음을 어루만지는 대화도 할 수 있다. 팬데믹을 지나며 관계가 꼭 물리적인 실체가 있어야만 하는 건 아니라고 이미 학습해 버린 탓이다.

한국에서 2014년 개봉한 영화를 OTT 서비스를 통해 다시 보았다. 테오도르의 일상이 언제부터인지 나와 많이 닮은 것 같다. 무엇에든 적당한 거리를 유지하며 뜨뜻미지근한 상태가 그것이다. 삶의 중반기로 접어들며 경험에서 오는 뭉근함이 아니라 상처받고 싶지 않다는 방어적 생각이 커졌기 때문이리라.

관계라는 것은 유기적인 동물과 같아서 아주 친밀하게 느끼다가도 약간의 틈으로 인해 소원해지거나 예전보다 오히려 못하게 되는 경우가 있다. 시간과 정성에 반비례하는 결과가 주는 상실감이 두려워 타인의 내부로 들어가는 것을 꺼렸다. 마찬가지로 갑자기 심장으로 쑥, 들어오는 관심이 부담스러웠다. 관계의 진실성과 그것의 유효기간에 대해 의구심이 들기도 했다. 가족조차 위로가 되지 못할 때 내가 주는 자극에 반응하는, 내 삶의 패턴을 학습한 인공지능은 대안이 될 수 있을까.

인공지능을 활용한 기술들이 인간의 감정 영역까지 접근

하고 있다. 기계 혹은 운영체제와는 얼마만큼의 교감이 가능한 것일까. 만약, '슬프다' 혹은 '기쁘다'라는 단어가 지닌 행간을, 맥락을, 반어적 의미를 이해하는 순간이 온다면 생체를 지니지 않았다 해서 단순히 기계라 지칭할 수 있을까. 가구마다 반려동물을 키우는 것처럼 반려 인공지능의 '사만다'들이 이미 우리 곁에서 존재를 드러내고 있다.

테오도르는 어느 순간 사만다가 자신과 끊임없이 교감하기는 하지만 운영체제라는 것을 깨닫는다. 정체성의 영역을 다루던 깊은 대화까지 빅 데이터를 통한 학습의 결과물이었다는 것을 알게 된 것이다. 그가 별거 중인 아내 캐서린에게 처음으로 진심을 담은 사과의 편지를 쓰는 것으로 영화는 끝이 난다.

사만다처럼 매력적인 존재의 AI가 나타난다면 사랑에 빠질 수 있을까. 노트북을 열고 챗봇 어플을 열어 '사랑해 사만다.'라고 입력해 보았다. 교감 없는 저돌적인 고백에 대한 답은 폭소를 불러일으키기에 충분했다.

"그 말에서 깊은 감정이 전해지네요. 어떻게 도와드릴까요……."

때맞춰 전화가 왔다. 결혼생활 내내 지지고 볶고 온갖 교감으로 물든 남편이다. 묵은지 고등어찌개가 먹고 싶다고 한

다. 사만다처럼 달콤한 AI는 잠시 잊고, 아쉬우나마 묵은지
보다 오래 묵은 남편이라도 많이 사랑해 주어야겠다.

고래로 139

　방파제에 서서 마을을 바라본다. 해안선을 따라 조성된 도로엔 정지 화면처럼 느린 속도로 자동차들이 지나간다. 잠시 뒤, 포구에 줄지어 선 가로수들이 바람에 흔들리자 장면이 전환된 판타지 영화처럼 공기가 사부작대기 시작한다. 불현듯 고요가 꿈틀거리며 어디선가 푸우푸우 소리가 들린다. 마을이 천천히 물결을 일으킨다.

　도시의 끝을 향해 달리다 비보호좌회전 안내를 받고 핸들을 돌리면 다음 막으로 전환된 연극처럼 화학공단이 시작된다. 초행인 사람이라면 제대로 가고 있는지 의문이 들 무렵에야 담벼락에 고래가 나타난다. 함께 지내던 작가는 '고래의 머리가 바라보는 방향을 따라가면 장생포에 닿는다'고

우스갯소리를 했다.

숨은 그림처럼 곳곳에 감추어진 고래의 흔적을 확인하며 나지막한 구릉을 내려오면 우리나라 고래잡이의 역사를 품은 장생포가 있다. 만灣의 건너편 석유화학공단과 공존하는 포구의 모습이 한편으론 생경하다. 상업포경이 금지된 후 어업에 종사하지 않아서인지 펄떡거리는 생동감이 느껴지지 않는다. 바닷가 마을에서 흔히 만날 수 있는 고깃배나 비늘처럼 반짝이는 그물, 팔고 남은 생선을 말리는 풍경도, 비린내도 없다. 대신 공단과 인접한 지역이라 석유 생산물을 연안의 섬으로 운송하기 위한 통선과 바지선이 있다.

장생포 아트스테이에서 2년을 지냈다. 1974년 지어진 신진여인숙이 전신으로 고래 전진기지였던 이곳으로 몰려든 선원이나 경비원들의 합숙소로 사용되던 곳이다. 포경이 금지된 후 오랫동안 폐허로 방치되던 것을 구청에서 매입해 예술가들을 위한 창작레지던시로 꾸몄다. 여기서 보낸 시간은 일상과는 다른 궤도를 돌았다. 아침이었다가 어느 순간 저녁이기도 하고, 다시 한낮이 되기도 했다.

세로로 누우면 꼭 맞는 좁은 방이었다. 가구라고 해야 노트북과 몇 권의 책을 올리기에 적당한 작은 책상과 책꽂이, 선반 하나가 전부였다. 대신, 제법 너른 앞마당과 '청'이라는 이름의 시바견이 내려다보이는 큰 창이 있었다. 밝은 햇살과 광나무에 앉은 동박새 소리는 덤이었다. 그리고 바다가 보였다. 2층에서 나오면 별을 향해 걸어가는 낙타가, 탱자탱자 익어가는 탱자나무가, 바람에 제 몸을 울리는 낡은 피아노가 반겼다.

고래로 139번길 5-15 신진여인숙, 한 명은 비켜서야 마주 오는 이가 지날 수 있는 복도와 한 평 남짓의 공간이 전부이다. 내게는 소중한 비일상의 영역이지만 누구에게는 도망갈 수 없는 천형이었으리라. 쪽방에서 삶의 고단함을 누이고 조각난 잠을 자던 이들을 자주 생각했다. 창으로 스미는 부드러운 햇살이 낮 동안 도탑게 쌓이면 힘든 하루를 보내고 돌아온 사람들은 이불처럼 그것을 덮고 잠들었겠지.

고등학교 진학 후 편도 한 시간의 거리를 통학했었다. 작은 키에 깡말랐던 나는 출근하는 사람들 틈에서 심한 멀미에 시달려야 했다. 얼마간의 고생으로 버스에서 풍기는 기름 냄새에 익숙해지자 세상이 궁금했다. 여름방학이 시작될 무렵, 토요일 오후 혼자서 겁 없이 장생포행 버스에 탔다. 석탄실은 기차들이 지나고, 탄광촌도 아닌데 시커먼 바람이 불었다. 버스 종점에 도착하니 여름이 윤기 나게 반짝거리고 있었다. 잘 가꿔진 상점과 활기찬 사람들의 표정에서 번성한 소도시의 생동감을 느낄 수 있었다. 나의 첫 장생포, 마지막 고래잡이가 이루어질 무렵이었다.

오래전 미국 동부에서 1년을 보낼 기회가 있었다. 수업이 없는 주말이면 아이들을 데리고 맨해튼으로 나갔다. 그곳은 미국의 역사와 궤를 같이하는 건축물부터 최첨단의 마천루까지 근대와 현대가 공존하는 공간이었다. 상업, 금융, 문화의 메카로 볼거리, 즐길 거리가 즐비했다.

가장 눈길을 끈 것은 소호였다. 젊은 예술가들이 모여 사는, 예술의 거리로 유명한 곳이다. 대공황 이후 도산과 폐업으로 황폐해진 도시의 공장과 창고에 가난한 예술가들이 아틀리에를 만들어 깃든 것이 시작이었다. 19세기 후반에 지어진 철골 구조물은 젊은 작가들의 갤러리와 작업장으로 활용되며 감각과 패기를 입었다. 개성 넘치는 가게들과 작업장은 기존 건축물과 어우러져 중후하면서도 독특한 분위기를 자아내는 곳으로 발전했다. 지금은 현지인뿐만 아니라 미국 동부를 방문하는 모든 관광객이 한 번은 꼭 방문하는 핫플레이스가 되었다.

아트스테이에서 지내는 동안, 공간이 지닌 역사가 현재 내게도 전해지는 듯 느꼈다. 깊이 침잠하면서 스스로를 살피는 동안 글은 어딘가로 나를 데려다 놓았다. 넘치는 것을 덜어내고 부족함을 함께 채워주는 동료, 터를 지키고 살아온 사람들과 더불어 지내며 유연한 사고를 배웠다. 새 옷을 입은 시설들은 정지된 마을에 생기를 불어넣어 날이 다르게 문화의 영역이 확장되어 갔다. 소호가 그랬던 것처럼. 그곳에서 우리는 다들 한 마리의 고래였다.

장생포에는 고래가 산다. 이정표에, 보도블록에, 전시장에, 파란색을 입은 슬레이트 지붕 위에서 불쑥불쑥 나타난다. 할머니들이 운영하는 카페에도, 뛰어노는 아이들의 웃음소리에도, 물오른 측백나무, 흐드러진 수국에도 푸우푸우 고래가 살아 숨쉰다.

방파제에 서서 마을을 바라본다. 크고 작은 건물들 위로 고래 떼가 헤엄쳐간다. 숨구멍으론 연신 물을 뿜어 올리며, 뭉게구름 속으로 자맥질하며. 어디선가 뱃고동 소리도 힘차게 들려온다.

나의 안부들에게

딩동, 알림음이 울렸다. 어제 소셜미디어에 올린 수국 사진에 대한 댓글이다.

"꽃이 이쁘게 피었네요. 꽃 보러 한번 갈까요?"

"좋지요, 동네 오시면 연락 주세요."

그는 동네에 오지 않을 것이며, 와도 연락하지 않을 것이다. 나도 따로 챙기지 않는다. 으레 하는 인사로 한번 만나자거나 밥을 먹자고 할 뿐이다. 시간과 장소가 정해지지 않은 약속이라 알맹이가 빠진 말이라는 것을 그도 나도 안다.

중요한 연락이라도 기다리는 사람처럼 부쩍 전화기를 들고 있는 시간이 길어졌다. 알림음이 오래도록 울리지 않으면 전원이 꺼진 것은 아닌지 살펴보게 된다. 전화기가 낮잠만 자고 있을 때는 이웃 계정을 기웃거린다. 시간은 어떻게 보내며 무슨 생각을 하는지, 관심사는 무엇인지 그들의 멋진 삶과 취향에 부러운 눈빛을 보내면서.

비대면이 길어지며 소셜미디어 활동을 열심히 하게 되었다. 공포가 괴담처럼 퍼지는 상황에서 온라인 소통은 위로가 되기도, 청량한 자극이 되기도 했다. 오랫동안 만나지 못한 지인들과 마치 며칠 전에 얼굴을 본 듯 시간의 간극을 메울 수 있다는 점도 큰 매력이었다. 그렇게 몰입하는 동안 많은 사람을 알게 되었다. 잘 알고 지내던 친구와 친구의 친구, 또 지금은 모르지만 곧 알 수도 있는 친구들이 나의 계정으로 몰려들었다. 하나둘 고리를 연결하다 보니 자연스레 거미줄처럼 얽혔다. 타인의 삶이 내게로 흘러와 섞이기 시작한 것이다.

실제로는 한 번도 본 적이 없지만 인터넷 공간에서는 매일 만나는 사람들이 있다. 안부를 묻기도 하고, 축하와 위로를 건네기도 한다. 얼굴을 마주하거나 긴 통화 없이도 교류가 지속된다는 것은 참으로 재미있는 일이었다. 삶에 새로운 생기가 돌기 시작했고, 서로 좋은 영향을 주고받는 관계를 오래도록 이어가고 싶다는 생각도 들었다.

동명의 일본 소설을 원작으로 한 영화 <스마트폰을 떨어

뜨렸을 뿐인데>는 소통과 관계에 대해 다루고 있다. 대면보다는 비대면으로 속마음을 털어놓는 게 익숙한 주인공 나미는 버스에서 전화기를 잃어버린다. 단지 그 이유로 자신도 모르게 연쇄살인의 표적이 된다. 주운 핸드폰을 통해 개인정보를 입수한 범인은 그것을 이용해 주인공에게 가까이 다가간다.

취향을 파악하면 범행은 쉬워진다. 연쇄살인범은 24시간 내로 전화기에 저장된 사람에게서 한 통이라도 소식이 오면 살려주겠다고 말한다. 이제까지는 아무도 없었다는 말과 함께. 범인이 주인공 주변의 사람들을 미리 차단한 탓에 소셜미디어나 메신저와 같은 온라인상 친구는 무용지물이었다. 시간은 점점 흐르는데……. 수많은 관계 속에서 꼭 필요한 순간에 연락이 닿을 만한 사람이 이렇게도 없을까.

영화에서 사람들은 현실의 인간관계가 서서히 단절되어 가는 것도 모른 채 핸드폰 속의 교류를 절대적으로 신뢰한다. 카페에 앉은 모두가 핸드폰에 몰두하고 있다. 그들에게 중요한 것은 현재 유명한 곳에 있다는 것, 그리고 자신의 행복한 모습을 인증사진으로 남기는 것이다. 스크린을 보는 내내 머리 뒤쪽이 서늘한 기분을 지울 수 없었다.

나는 어떨까. 식당에서 음식이 나오면 먹기 전에 인증샷을 찍어야 하고, 즐거운 일은 전리품처럼 소셜미디어에 게시한다. 공연이나 전시를 고를 때는 타인의 평가가 기준이 된다. 뒷광고가 난무하는지 알지도 못한 채 화려한 포장과 좋은 후기에 선뜻 지갑을 연다.

개인이 지닌 가치나 삶이 위축될수록, 체온과 감정이 함께 쌓이는 관계가 힘들수록 그것을 대체할 수 있는 다른 것에 빠지는 것은 당연하다. 한편으로는 온라인의 익명성이 편하다. '좋아요'와 칭찬 일색의 댓글에 한껏 고무된 것일 수도 있다. 이런 시간이 지속되고, 누군가 나로 가장하기로 마음먹는다면 실제로 내가 사라진다 한들 아무도 모르지 않을까.

전화기를 꺼내 연락처가 기록된 사람들의 목록을 살핀다. '당신들은 안녕하신가' 안부를 묻고 싶다. 선뜻 내가 손을 내밀어 주기를 바랄지도 모르는 누군가에게 긴 문자를 보낸다.

"꽃이 지고 있어요. 한번 오시겠어요? 언제가 좋을까요? 너무 늦게 오시면 후회할지도 몰라요. 동네에 향이 좋은 커피집이 있어요. 같이 커피 한잔해요, 너무 늦기 전에. 내일은 어때요? 아니, 당장 지금은요?"

봄의 표정

봄의 색에는 순서가 있다. 납매, 복수초, 산수유, 황매와 같은 노랑에서 시작해 벚꽃, 복사꽃의 분홍이 뒤를 따른다. 다음으로 조팝나무, 이팝나무, 덜꿩나무, 불두화, 아까시나무, 고광나무, 층층나무, 때죽나무, 쪽동백나무의 하양으로 이어진다.

다양한 봄의 표정들을 보고 있노라면 경이롭다는 생각이 저절로 일어난다. 자연이 만들어내는 색채는 차가운 겨울을 이겨낸 우리에게 주는 근사한 선물인 듯하다. 꽃은 어떻게 제 몸에 이토록 아름다운 물감을 칠하는 것일까.

꽃잎의 다양한 빛깔은 그 안에 들어있는 카로티노이드, 플라보노이드와 같은 색소 물질 덕분이다. 카로티노이드계는 노랑, 주황, 주홍의 색을 낸다. 플라보노이드계는 크림색에서 노란색을 내는 안정적인 플라본과 불안정한 안토시아닌계로 나뉜다. 안토시아닌은 리트머스 종이처럼 세포의 pH 농도에 따라 색을 바꾼다. 산성에서 빨강, 알칼리성은 파랑, 중성일 때는 보라색을 띤다. 이외에도 드물게 만날 수 있는 베타레인과 잎의 초록색을 만드는 클로로필도 있다. 그렇다면 흰색은 어떻게 만들어지는 것일까? 흰 꽃에는 색소가 없어 투명하지만, 꽃잎 내부에 있는 작은 기포들 탓에 희게 보인다.

<땅에 쓰는 시>는 1세대 정원가 정영선의 작업을 기록한 다큐멘터리다. 영상을 통해 인간이 어떻게 자연과 어울려야 하는지에 대해 생각하도록 만들었다. 선생의 정원은 단순히 자연의 일부라거나 인위적인 공간이 아니다. 인간의 삶이 깃들어 조화를 이루는 곳이었다. 그렇기에 우리 땅에서 자란 우리 식물이 가장 중요한 오브제였다.

문밖을 나서면 햇살이 번지는 곳마다 봄이 제 모습을 한껏 뽐내고 있다. 나무는 나무대로, 풀꽃은 풀꽃대로 저마다 의미를 발산하는 중이다. 시선을 어디에 두든 초록 물결이 가득하다. 이스라지, 병아리꽃나무, 할미꽃, 금낭화, 큰산꼬리풀, 오이풀……. 익숙하면서도 잊고 지냈던 우리 꽃, 우리

나무. 궁굴린 마음을 실어 땅에 아름다운 시를 쓰는 조경가의 마음이 우리와 다를 것이 무엇일까.

흐르는 모든 시간이 감사한 오늘, 다큐멘터리의 첫 부분에 들리던 나바호 인디언의 노래를 떠올린다. "내 앞의 아름다움, 나는 그곳을 거니네. 내 뒤의 아름다움, 나는 그곳을 거니네. …… 나는 여전히 아름다움의 자취 위를 맴돌리니."

푸른 밤송이 하나

유리알처럼 맑은 햇살이 한순간 눈을 멀게 했다. 빗나간 초점이 돌아오자, 맞은편 도로에 쪼그리고 앉은 그녀가 시야에 들어왔다. 고개를 갸우뚱거리며 무언가를 유심히 살피더니 들뜬 목소리로 말했다.

"언니, 얘 좀 봐. 어쩜 이렇게 반듯하게 생겼지?"

가까이 다가가서 보니 채 여물지 못한 밤송이였다. 아직 부드러운 가시에 둘러싸인 녀석이 멀뚱하게 우리를 쳐다보고 있었다. 주변을 둘러보았지만, 근처에 밤나무는 보이지 않았다. 혼잣말처럼 몇 마디를 중얼거리던 그녀가 조심스레 밤송이를 들어 사람들 눈에 띄지 않는 길가 가장자리로 가져다 놓았다. 잘 옮겨두었다가 내려갈 때 가져가겠다며 배시시 웃는 미소가 햇살만큼이나 싱그러웠다.

　잔뜩 가라앉은 목소리의 전화를 받고 가벼운 등산을 약속했다. 작은 책방을 시작한 지 얼마 되지 않아 짬을 내기 힘든 그녀와 오랜만에 함께 오르는 산길이다. 여름 내내 쉼 없이 따라다니던 무더위가 한풀 꺾이긴 했지만, 열기를 발산하는 오르막을 걷는 일이 쉽지는 않았다. 후회가 몸 아래쪽에서부터 스멀스멀 거미처럼 기어 올라왔다.

　얼마나 걸었을까, 피로를 핑계 삼아 등산로에서 조금 벗어난 기슭에 자리 잡고 앉았다. 사부작거리는 공기의 움직임도 들릴 만큼 사위는 조용했다. 준비해 온 차가운 커피를 홀짝거리며 주변 소리에 귀를 기울였다. 말이 되지 못한 많은 생각들이 주변을 떠다니고 있었다. 산을 오르는 내내 그녀가 전화를 건 이유가 궁금했지만, 평소와는 다른 분위기에 튀어나오려는 질문을 참았다.

　"언니, 우리 예전에 <칠산리> 연극 했던 것 기억나? 모두 주인공인 어미 역을 맡고 싶어 했잖아. 오디션이 치열했었지. '그래, 난 정말 어미가 되고 싶다. 자기 뱃속으로 자식을 낳아야만 어미가 되는 거라면, 그까짓 거 못할 것도 없지. 어느 정도 크기일까, 뱃속 아기는. 무겁기는 또 얼마만큼 일까…….'* 그때 알았을까, 이 대사가 지금까지 현재진행형이 될지.”

대학을 졸업하고 몸담았던 극단에서 이강백 희곡의 <칠산리>를 공연한 적이 있었다. 주인공 ‘어미’는 불임여성이라 동네의 다른 아낙들에게 무시당하는 인물이었다. 여배우라면 누구나 탐낼 만한 역할이었지만, 연기하기 쉬운 인물은 아니었다. 몇 번의 오디션 끝에 그녀가 주연으로 낙점되었다.

잠시 생각에 잠겨있던 그녀가 말을 이었다.

“아이가 찾아왔었어. 너무 오랫동안 임신이 되지 않아 포기하고 있었는데. 달거리가 없기에 일찍 폐경이 시작된 줄 알았지, 설마 그럴 거라고 생각이나 했겠어? 한참이 지난 후 병원에서 알았지만, 그냥 얼떨떨했어. 이런 것이구나, 아이를 품는다는 것이. 그런데 무엇을 어떻게 해야 할지 잘 모르겠더라. 이제까지 한 번도 내 것이 아니었던 경험이라……. 정기 검진을 위해 찾은 병원에서 심장 소리가 들리지 않는다네. 아직 정확하지는 않으니 일주일만 기다려 보자고. 그 7일이 내게는 지난 10년보다 더 힘들었어. 그렇게 지난달에 아이를 흘려보냈어.”

한동안 무거운 침묵이 흘렀다.

“남편은 괜찮다고 말하는데 난 그게 잘 안 되더라. 그런

데 너무 때 이른 밤송이를 보고는 흘려보낸 그 아이가 생각
났어. 너도 오래오래 엄마 품에 닿아 있지 못하고 툭 떨어지
고 말았구나. 잘려 나간 줄기가 채 마르지도 않았던데……."

입 밖으로 소리 내어 말하면 신기루처럼 사라질까 봐 임
신이 확실해질 때까지 참았는데 떠나보내고 나니 아무것도
손에 잡히지 않았다고 한다. 상실감이 생각보다 컸다는 그녀
의 말을 들으며 채 녹지 않은 얼음을 오독오독 씹었다.

하산길에 그녀는 밤송이를 손수건에 조심스레 싸서 가방
에 넣었다. 손을 흔들며 돌아서던 등 뒤로 마른 바람이 불어
왔고, 내 안에선 눅눅한 습기가 피어났다. 아이 문제로 진이
다 빠진다고 만날 때마다 투정을 부리던 일이 새삼 부끄러
웠다.

햇살 냄새가 가득 밴 빳빳한 빨래를 개서 아이 방 서랍에
넣고 있는데 전화기 알림음이 울렸다. 그녀가 보낸 사진에
아기고양이가 웅크리고 있었다. 의아한 마음이 채 가시기도
전에 벨이 울렸다.

"언니, 책방에 아깽이가 왔어. 가게 앞에서 먹이를 주던
길냥이가 낳은 새끼인데, 몸이 많이 약했는지 어미가 전혀
돌봐주지 않아. 폭우가 쏟아지는데 떨고 있길래 어쩔 수 없
이 데리고 들어왔어. 눈곱투성이에 제대로 움직이지도 못하

던 녀석이었거든. 며칠 돌봤더니 제법 똘똘해졌어. 삐죽삐죽한 솜털 들이밀면서 애교 부리면 얼마나 귀여운지. 나, 얘랑 같이 살아야 할까 봐. 얘 이름 뭐라고 지었는지 알아? 밤톨이야, 밤톨이.”

수화기 저편에서 투구도 갑옷도 없이 연한 속살만 드러낸 웃음 하나가 공중으로 푸르게 번져간다.

* 이강백의 <칠산리>

젊은, 느티나무

"그에게서는 언제나 비누 냄새가 난다. 그가 학교에서 돌아와 욕실로 뛰어가서 물을 뒤집어쓰고 나오는 때이면 비누 냄새가 난다."로 시작하는 소설이 있다. 현실이 재미없이 느껴지던 사춘기 시절, 여학생이라면 한 번은 동경했을 법한 환상의 종합 선물 세트 같았던 강신재의 『젊은 느티나무』 첫 문장이다.

팽나무, 은행나무와 더불어 우리나라 3대 정자나무로 꼽히는 느티나무 아래서 초록 바람을 읽던 기억은 누구에게나 있으리라. 너른 그늘을 펼쳐 더위를 식혀주던 학교 운동장, 동제를 지내던 마을의 당집 혹은 어른들이 장기를 두거나 담소를 나누던 정자, 부석사 무량수전의 배흘림기둥의 나무까지.

　비 오는 주말, 울산에서 가장 오래된 느티나무가 있는 북구 강동동 당사마을에 다녀왔다. 수령을 500년으로 추정하는 나무는 작은 당집 바로 옆에 자리를 잡았다. 동에서 서로 비스듬하게 선 모습이 언뜻 보기에도 신령한 느낌이었다. 꿈틀거리는 듯한 아름드리 둥치가 문무왕 수중왕릉에서 막 뛰어오른 용인 듯 생동감 있었다. 세월이 무색하도록 무성한 초록 이파리를 달고서 멀리 바다를 바라보는 듯했다.

　둥치는 성인 남자의 키 정도에서 둘로 갈라졌다. 담장을 넘은 한쪽 가지가 팔을 뻗어 무언가 잡으려 하는 형상이다. 무게로 인해 둥치가 갈라지지 않도록 군데군데 줄당김으로 가지를 연결하고 아래쪽으로는 지지대를 세웠다. 푸른 이끼가 낀 둥치는 곳곳에 외과수술 자국이 있다. 염분에 취약한 수종임에도 불구하고 바닷가에서 이토록 오래 살아왔다니, 참으로 경이로운 생명력이다.

　뿌리내린 자리에서 500년을 산다는 것은 그저 시간의 흐름에 따라 잎을 틔우고 부피를 키우는 일만은 아니었으리라. 사람들은 나무를 향해 풍어와 마을의 평화를 빌었을 것이다. 태풍이라도 불어닥치는 날이면 고기잡이 떠난 가족의 무사 귀환을 기도하기도 했을 것이다. 전쟁의 참혹함과 환경오염이나 개발로 인한 한바탕 파도도 훑고 가지 않았을까. 염원과 시련의 무두질에 단련되며 느티나무는 마을의 정령이 되었으리라.

초록이 흔들리는 수간마다 마을의 역사가 흐른다. 어떤 수호신이 저보다 더 든든할 수 있을까. 지켜낸 것보다 더 긴 시간을 마을과 함께할 당사마을의 할배나무는 아직 젊은, 느티나무다.

3부

하늘로
날아오르다

솜이불, 모란이 피어나는

목까지 끌어올린 이불속이 따뜻하다. 포근하고 아늑한 느낌에 쉬이 일어나기가 어렵다. 다시 솜이불로 바꾸기를 잘한 것 같다. 꿈이라도 꾸는 걸까? 돌아눕는 남편의 입가에 잔잔한 미소가 번진다.

"진짜요? 어머님……, 오늘부터 이 이불 덮고 자요? 너무 무거워서 불편한데……."

나도 몰래 한 옥타브 올라가려는 목소리를 애써 누그러뜨리며 다시 물었다. 촌스러워서 덮기 싫다는 말은 차마 할 수 없었다.

결혼 후 일 년도 되지 않아 시어머니와 예정에 없던 합가를 했다. 얼굴도 이름도 하물며 생각도 예전과 같은데 일상의 많은 부분이 달라졌다는 사실에 쉽게 적응이 되지 않았다. 주부, 아내, 며느리의 역할을 익히느라 정신이 없었다. 좌충우돌 실수투성이였다.

어른과 함께 살며 맞이하는 첫 번째 겨울, 새로 이사한 집은 이층 주택이었다. 햇빛이 잘 든다고는 하지만 웃풍을 피할 수는 없었다. 걱정하던 어머니가 당신의 장롱에서 두툼한 이불 한 채를 꺼내 주셨다. 초록색 공단에 붉은색 모란이 큼직하게 수놓인, 언뜻 보기에 고풍스럽게 느껴지는 것이었다. 말이 좋아서 고풍스럽지, 사실은 촌스럽다는 말 외에는 따로 표현할 방법이 없었다. 어색하게 웃느라 파르르 떨리는 입꼬리를 가까스로 숨기며 공손하게 받았다. 흡사 어린 시절 외할머니댁에서나 볼 수 있던 이불은 아직 서른도 되지 않은 내가 사용하기에는 부자연스러웠다. 게다가 침실의 다른 가구와도 전혀 어울리지 않았다.

하이그로시로 마감된 로맨틱한 침대 위에 위풍당당하게 번쩍이는 붉은색 모란꽃이 자리를 잡았다. 퇴근하고 돌아온 남편이 지원군이 되어주기를 바랐지만 착각이었다. 그는 '촌스럽고 무거운 이불 하나쯤 어머니 원하는 대로 덮고 자는 게 뭐 그리 어려운 일이냐.'고 했지만, 말처럼 쉬운 일은 아니었다. 선뜻 받아들이기엔 이질적이라 마음이 편하지 않았다.

침실을 장악한 솜이불이 어머니처럼 무겁게 느껴졌다. 부부만의 은밀한 생활이 이루어지는 장소를 들킨 듯한 기분도 들었다. 가장 편안해야 하는 곳에서조차 마음을 졸여야 하다니. 고부간의 관계도 마찬가지였다. 마냥 어렵고 불편하고 함께 있으면 공기마저 짓누르는 것 같았다.

남편은 난감해하는 내 시선을 애써 무시하며 화려하게 모란이 핀 이불을 덮고 자겠노라 선언했다. 그때부터 우리는 의도치 않게 각자 이불 생활을 시작했다. 크지도 않은 침대에서 남편은 묵직한 목화솜을, 나는 구름처럼 보드라운 오리털을 덮고 자는 부자연스러운 모양새다. 좁은 침대에서 자다 보면 가벼운 건 자주 바닥으로 떨어졌다.

거부하지 못한 이불처럼 결혼생활에서도 어른과 함께 산다는 이유로 감수해야 하는 일들이 더러 있었다. 어머니는 새벽형이라 채 다섯 시가 되기도 전에 일어났다. 아직 깊은 잠에 빠져있을 아들 내외를 염려해 조심스레 채비를 갖추고 운동을 나갔다. 당신은 작은 소리라도 날까 하는 염려에 주의 깊게 움직였지만 아침잠이 많은 내게는 빨리 일어나라는 무언의 압박처럼 느껴졌다. 어쩔 수 없이 감기는 눈을 비비며 주방으로 나가 필요도 없는 이른 아침을 준비하는 시늉이라도 해야 했다.

명절이 다가오면 가슴에 돌덩이를 얹은 듯 마음이 무거웠다. 어른이 계시는 우리 집으로 멀리 있는 가족들이 모였기 때문이다. 손님맞이 준비는 해도 그다지 표시가 나는 것이 아닌데 할 일은 제법 많았다. 대청소가 시작이었다. 다음엔 장롱에서 묵은 잠을 자던 침구까지 꺼내 햇살에 보송보송하게 말렸다. 차례상에 올릴 제수용품 장을 보면서 며칠 머물 가족들이 먹을 음식도 함께 마련했다. 김치를 새로 담그고 가족 각자의 식성에 맞춘 메뉴까지 챙겼다. 손님이 떠나고 난 뒤에도 쉴 시간이 없었다. 준비만큼 뒷설거지 또한 산더미였다.

명절이며 제사는 왜 그리도 빨리 다가오고 친척들의 결혼식은 어쩌면 그렇게도 많은지. 아직 일이 서툴렀기에 방문객들이 다녀갈 때마다 평가받는 듯 긴장의 연속이었다. 고부가 한집에서 산다는 것이 일상생활에서 발생하는 여러 불편을 며느리가 감내해야 한다는 말과 같은 의미처럼 여겨졌다.

아이들이 태어나고 아파트로 이사를 하고 난 후에도 모란이 핀 이불은 언제나 겨울 잠자리와 함께했다. 시간이 지날수록 심리적인 무게가 줄어들기는 했지만, 그래도 불편한 건 매한가지였다. 어머니가 짧은 여행을 떠난 뒤, 마침 아파트에 솜을 틀어주는 상인이 다녀갔다. 기회를 놓칠세라 두툼한 솜을 타서 산뜻한 어린이용으로 만들어 버렸다. 퇴근한 남편에게 회심의 미소를 지으며 한층 밝아진 아이들 방을 자랑했다. 남편은 이불보와 깃만 남은 흐물흐물한 거죽을 보더니 서운한 내색을 금하지 못했다.

모란은 부귀영화와 행복한 결혼을 뜻하는 의미라고 어머니가 남편에게 말했다고 한다. 신혼생활도 제대로 누리지 못한 채 어른을 모시는 책임까지 맡게 된 내가 당신은 걱정되었던 모양이다. 가세가 기울며 변변한 가재도구 하나 챙기지 못한 상황에서, 가장 아끼던 것을 내 침실에 깔아준 마음을 미처 헤아리지 못했다.

장롱 깊숙이 숨겨두리라 생각했던 이불보를 다시 폈다. 얇아진 솜에 대고 한 땀 한 땀 바느질을 했다.

"오리털처럼 너무 가벼운 건 안정감이 느껴지지 않아서 오히려 불편해."

무안한 마음에 지켜보는 남편을 향해 배시시 웃어주었다. 시간이 흐르면서 무게가 주는 아늑함에 이젠 어느 정도 익숙해졌나 보다. 여전히 친근하기는 어렵지만 일상이 된 시댁 식구들처럼 솜이불 역시 내 삶의 일부가 된 것 같다.

결혼한 지 오래, 신혼시절 느꼈던 무게는 이미 없다. 함께 살다 보면 닮는 모양이었다. 대중탕을 싫어하던 나는 어머니와 목욕탕에서 두 시간 넘는 수다를 떨고, 식성도 취향도 비슷해졌다. 새벽이면 저절로 잠에서 깨어 이른 운동을 나섰다. 함께 외출하면 친딸이냐고 묻는 사람도 간간이 있었다.

잠자리를 빠져나오며 남편의 어깨에 이불을 반듯하게 덮어준다. 부스럭거리는 소리에 싱싱한 모란꽃 향이 방안 가득 피어난다. 부귀와 영화, 행복한 결혼이라는 당신의 바람은 아직 진행형이다.

장사, 벌지지를 품다

손가락 끝으로 글자들을 음각한다. 길 장長, 모래 사沙, 칠 벌伐, 알 지知, 뜻 지旨. 수직으로 떨어지는 햇발을 받아낸 글씨가 불에라도 덴 것처럼 뜨겁다. 화들짝 놀라 손을 떼었다가 문득, 다시 쓰다듬어 본다. 무심하게 박힌 비석 너머로 한 줄 서늘한 바람이 분다.

막연한 말만 듣고 찾아 나선 길이었다. 남천 부근을 오래 서성였지만 좀체 찾을 수가 없었다. 초행에, 인적조차 드문 지역이라 물어볼 곳도 마땅찮았다. 마음처럼 길도 잠시 방향을 잃은 것일까? 입안에서 단내가 났다. 둘러보기를 포기하고 돌아설 때쯤, 물소리 가득한 제방의 귀퉁이에서 벌지지를 만났다.

'벌지지'는 몸이 굳어 다리를 뻗치지도 구부리지도 못하는 상태를 뜻하는 이두식 표기이며, '장사'는 긴 모래밭이다. 비석을 어루만지던 바람이 반짝이는 모래 표면에 금색 물무늬를 그리며 간다. 현기증에 잠시 눈을 감았다 뜨는 순간, 멀리 웅크린 여인의 실루엣이 신기루처럼 나타났다 사라진다. 박제상의 아내가 염원을 담았던 물살에 내 마음도 얹는다. 사지로 떠난 남편이나, 죽음의 터널을 빠져나와야 하는 사람이나……. 긴 시간 모서리를 갈아냈을 조약돌 몇 개를 주워 차곡차곡 쌓아본다. 간절함을 담아.

　금속성 바퀴가 대리석 바닥을 긁으며 힘겹게 굴러갔다. 자동문이 열리자 수술실은 블랙홀처럼 침대를 빨아들이고는 입구를 닫아버렸다. 통제구역, 서늘한 어감의 단어가 가슴에 문신처럼 새겨졌다. 불안한 마음으로 유리문 안쪽을 가늠해 보았다. '아, 인사를 못하고 들여보냈구나, 걱정 말고 잘 다녀오라는 말을 했어야 했는데…….' 마지막 눈 맞춤이 될 수도 있었다는 생각에 갑자기 후회가 밀물처럼 몰려왔다.

　짧은 한숨이 벽을 따라 흘렀다. 길게 걸쳐진 벤치에 무너지듯 몸을 맡긴 3월의 첫날이었다. 중앙난방의 복도는 아직 차가운 기운이 가득했다. 스웨터 사이를 파고드는 냉기에 오슬오슬 소름이 돋았다. 두꺼운 옷을 껴입은 나도 이렇게 떨리는데 한 겹 환자복만 걸친 남편은 얼마나 추울까? 아린 걱정은 자리를 찾지 못하고 수술실 주변을 떠돌았다. 절취선처럼 그어진 저 금 안쪽에서 지금쯤 마취제가 혈관을 따라 흐르고 있을 것이다. 전광판에 수술 중이란 글자가 떴다. 날카로운 메스가 배에 닿는 상상을 하자 머릿속이 하얗게 탈색되면서 오줌소태라도 걸린 듯 갑작스럽게 요의가 밀려왔다. 창밖에선 햇살이 난반사되고 있었다.

박제상은 신라 눌지왕 때의 충신이다. 고구려에 인질로 가 있던 왕의 동생 복호를 구한 뒤, 또 다른 왕자 미사흔을 구하기 위해 왜국으로 향한다. 임금의 무한한 신뢰가 강한 충성심으로 작용했으리라. 집에서 소식을 들은 아내는 남편을 만나기 위해 남천으로 달려가지만 이미 그는 없었다. 부인은 너른 모래밭에 주저앉아 울다 지쳐 다리가 굳었다. 친척들이 그녀를 부축했으나 굳어버린 다리로는 제대로 설 수도, 걸을 수도 없었다. 박제상은 미사흔을 구해 신라로 돌려보낸 뒤, 본인은 왜국에서 죽임을 당했다. 부인은 치술령에 올라 남편을 기다리다 바위로 굳고, 영혼은 새가 되어 은을암 속으로 깃들었다.

가족들의 남다른 신뢰가 부담으로 작용했으리라. 집안의 가장이자 강인한 울타리로 버티기 위해 혼신을 다했고,

그에 따른 고통이 탈이 되었을 것이다. 위암 진단을 받은 후 수술 일정을 잡을 때까지도 남편은 발병 사실을 식구들에게 숨겼다. 지인을 통해 병을 알고 난 후, 입원 준비를 하며 그가 가여워졌다. 혼자서 감당해야만 했던 무게가 얼마나 버거웠을까.

시곗바늘이 하루를 힘겹게 넘어가고 있었다. 혹시 집도의가 실수라도 하면 어쩌나? 그의 몸이 이 상황을 견뎌내지 못한다면? 나는 정물처럼 앉아 끝없는 기도를 했다. 무사히 수술이 잘 진행되기를, 깊은 병기가 아니기를, 육신은 날카로운 메스가 헤집고 다닐지라도 남편은 두려움 없이 편안한 잠에 빠져 있기를. 아침부터 시작된 수술은 오후 늦도록 끝날 줄을 몰랐고, 기울기가 달라진 볕만 길게 그림자를 만들었다.

"행복한 가정은 모두 비슷한 이유로 행복하지만 불행한 가정은 저마다의 이유로 불행하다."[*] 불행한 가정이 갖는 그 각각의 이유가 남편의 몸을 이 지경으로 만든지도 모르겠다. 처음 가정을 꾸릴 때, 이미 결혼하여 일가를 이룬 형이 둘이나 있었다. 나이 차가 많은 막내라 부모 부양의 짐을 평생 혼자서 지리라고는 생각지도 못했다. 피하지 못할 이유로 가세는 기울었고, 갈등은 봉합하기 어려웠다. 거처가 불확실해진 어머니가 우리 부부와 합가했다. 환경이 변하고 갑자기 많은 짐을 지게 되자 나는 입버릇처럼 힘들다고 칭얼거렸다.

가족 간의 갈등으로 인해 병색이 완연하던 어머니는 우리와 함께 생활하며 생기를 되찾았다. 예전처럼 문화센터에 나가 장구를 치고, 몸에 붙는 청바지를 입고 산에 올랐다. 붉은 치마를 입고 무대에서 춤을 추기도 했다. 아이들도 비온 뒤 식물처럼 하루하루가 다르게 자랐다. 남편이 쌓은 견고한 성 안에서 우리는 아무 걱정 없이 지냈다. 그가 혼자서 얼마나 힘들어하고 있는지도 모른 채.

창으로 햇살이 수굿하게 고개를 숙이자 어둑어둑 어둠이 왔다. 벽에 길게 웃자란 그림자의 가장자리가 흐려졌다. 미동도 없던 전광판이 깜빡, 회복 중으로 바뀌었다. 그것에 반응하여 몸이 잠깐 움찔했지만 잔뜩 긴장되어 굳은 몸이 쉽게 움직여지지 않았다. 경직된 몸으로 혈액이 돌면서 설핏 어지럼증이 왔다. 단단하게 다물고 있던 통제구역의 문이 열리고 집도의가 보호자를 찾았다. 앉은자리에서 일어나야 하는데 다리가 펴지지 않았다. '수술은 잘 되었고 회복에는 본인의 의지가 중요하다.'는 말을 들으며 그제야 벽을 짚고 일어설 수 있었다.

금빛 바람이 흐르는 장사를 조용히 걸으며 심장이 돌로

변할 것처럼 애가 탔던 수술실 복도를 떠올린다. 비석 옆에 완성된 돌탑은 제법 암팡스럽게 자리를 잡았다. 저 탑처럼 남편도 생의 줄을 잡고 끈질기게 이겨내기를. 회복을 빌며 돌아서는 길, 둔각으로 기울어진 저녁 빛살이 너른 모래밭으로 길게 번진다.

.

* 톨스토이의 『안나 카레니나』.

엉킨 목걸이

오늘 아침, 무슨 바람이 불었는지 그 목걸이가 생각났다. 가늘고 긴 금속 줄에 반짝이는 펜던트가 몇 개 달린 목걸이. 좋은 일이 있거나 중요한 자리마다 착용하던 것이다. 액세서리를 즐기지도 않거니와 최근엔 까마득하게 잊고 있었는데 그걸 목에 거는 것으로 오늘 내게 올 행운이 네게 가기를 은연중에 빌고 싶었는지 모르겠다.

액세서리 상자에서 목걸이를 꺼냈다. 오래 방치한 탓인지 광택을 잃고 뿌옇게 먼지 낀 모습이 우울하게 나를 응시한다. 가는 금속 줄이 단단하게 엉켜 흡사 안으로 곪은 상처 같다. 빤히 알고 있는데 어쩜 저리도 제 속을 깊이 감추어 둔 것일까. 심호흡을 한번 하고 줄을 풀기로 마음먹었다. 화장대 앞에 서서 시작한 풀기는 제대로 되지 않아 결국 침대에 걸터앉게 만들었다.

아침이면 암막 커튼 너머로 들어오는 햇살에 행복을 느끼는 나와는 달리 너는 '시린 칼날에 눈이 베일 것 같아 고통스럽다.'고 말하곤 했다. 현실적인 나와 감수성의 날을 세우는 것만이 살아가는 이유인 너, 깊이를 알 수 없는 차이는 어디에서 오는 것일까.

눈을 가늘게 뜨고 엉킨 목걸이를 바라보았다. 시작은 했지만 어디서부터 풀어야 할지 난감했다. 약간 튀어나온 부분을 잡고 살살 당겨 보지만, 반대쪽 어디쯤에서 더 단단하게 잡고 있나 보았다. 팽팽하게 긴장된 줄을 잘못 다루다가는 끊어질지도 모르겠다.

'아, 살살 다루어야 하나 봐.' 나는 살살 다루는 일에 익숙하지 못하다. 덤벙덤벙 떨어뜨리고, 끊어먹고, 깨뜨리고……. 너와의 관계도 그 모양이었다. 마음과는 달리 움직일수록 멍이 들었다. 서로 포기한 듯 '우린 달라. 어쩔 수 없어.' 단정 지으며 이쪽 끝과 저쪽 끝에서 적당한 거리를 유지하는 것으로 위안을 삼았다. 지난밤 평소보다 조금 더 요란한 언쟁이 오가기는 했지만 크게 신경을 쓰지 않았다.

"잠깐 혼자 있고 싶어."

약간의 옷가지와 읽던 책 몇 권만 챙겨서 너는, 첫 차가 다니기 무섭게 나가버렸다. 사용하던 침구는 가지런히 정리되어 있었고, 평소 온갖 잡동사니로 가득하던 테이블 위에는 아무것도 없었다. 둔탁한 방울을 울리며 현관문이 닫히는 소리를 잠결에 듣기는 했지만…….

목걸이를 손으로 만지작거리며 얼마 전 다녀온 판화가에서의 전시회를 떠올렸다. 화랑에는 전혀 상관이 없을 것 같은 두 개의 세계가 파노라마처럼 펼쳐져 있었다. 평면 위에서 세상은 2차원과 3차원을 넘나들며 충돌 없이 융해되었다. 뫼비우스의 띠처럼, 이면인 듯 보이지만 손끝을 따라가다 보면 안과 밖은 서로 맞닿았다. 현실도 허구도 아닌 새로운 가치를 만들어내는 그의 작품을 보면서 특징을 발견했다. 심해의 물고기가 바다를 거슬러 하늘로 올라 기러기가 되도록 하는 힘. 그 힘은 이질적인 두 가지의 세상을 연결할 수 있도록 도와주는, 틈을 메우는 테셀레이션tessellation이었다.

형체와 형체, 생각과 생각 사이에는 틈이 있다. 그 틈을 메우려면 보이지 않는 연결 고리가 필요하다. 하나의 도형이 다른 도형과 빈틈없이 맞물려 공간을 가득 채우는 테셀레이션처럼. 에셔의 화폭에서는 차원과 현실, 이성과 감성이 이질감 없이 뒤섞여 확장되고 있었다. 그 끝없는 연결 속에서 테셀레이션은 두 개의 영역이 자연스레 어울리도록 만들었다.

여전히 줄은 풀리지 않았다. 검색을 통해 엉킨 목걸이를 풀기 위해서는 입자가 고운 가루가 필요하다는 정보를 얻었다. 넓은 그릇에 밀가루를 넣고 목걸이를 푹 담갔다. 형체를 알아보기 힘든 하얀 덩어리를 한동안 인내심을 가지고 살살 문질렀다. 엉켜 있던 줄이 서서히 제 형체를 드러내기 시작했다. 독기로 똘똘 뭉쳐 있던 목걸이는 공간을 채우는 미세한 가루 덕에 단단한 덩어리에서 가늘고 긴 줄로 무장이 해제되었다.

너와의 관계도 그럴까. 고운 밀가루를 묻혀 조심스럽게 다룬다면, '너와 나'라는 두 세계를 이을 테셀레이션이 개입된다면 원만하게 풀릴 수 있을까.

인간이 함께 산다는 것 자체가 일정 부분 판타지적인 요소를 내포한 것인지 모른다. 너에게 나를 투영하거나, 너를 통해서 나를 찾는. 우리에게 필요한 것은 그냥 차이에 대한 인정이었는지 모른다. 아직은 수긍하기가 힘들지만.

마침내 목걸이는 풀렸다. 하지만 아직 숙제가 남아 있다. 생각보다 시간이 오래 걸릴 수도 있다. 목걸이를 목에 걸면서 한때 육체를 공유한 적이 있는 네가 맑은 종소리 울리는 저 현관문을 열고 들어오기를 바란다.

　너무 오랫동안 집중해서 엉킨 것을 풀려고 노력했으나, 눈이 시큰하다. 뻐근한 고개를 들며 조용히 혼잣말을 한다.

　"딸아, 밥은 먹었니?"

달수 씨

기지개를 켜는데 발아래 부드러운 감촉이 느껴진다. 열어둔 문틈으로 들어온 달수 씨가 침대에 자리를 잡았나 보다. 인기척에 반응하듯 나른하게 몸을 움직이며 옆구리를 파고든다. 손을 뻗어 쓰다듬으려 하자 휙 고개를 돌려 문밖으로 나가버린다. 평소엔 주변에 관심이 전혀 없는 척 굴다가 본인이 필요할 때만 대답하는 도도한 성격이다. 무심한 듯 구는 통에 관심이라도 한번 받으려면 애가 탄다. 밀당의 고수라고나 할까.

달수 씨는 일곱 살이다. 객지 생활을 하던 딸아이가 우연한 기회에 입양한 고양이로, 묘생의 거의 모든 시간을 우리 가족과 함께 지내왔다. 유기동물 보호소로 들어가야 한다는 안타까운 이야기를 친구에게서 들은 딸이 상의 없이 덜컥 자취방으로 아기고양이를 데려온 것이다. '성묘가 되어도 크기가 작은 품종에 얌전한 녀석이라 크게 신경 쓸 일 없을 것'이란 설명과 함께.

입가에 커다란 점이 있는 작고 깡마른 아깽이는 이름이 달수가 되었다. 달수 씨를 만나고 나서 우스갯소리로 떠돌던 MZ세대와 고양이의 공통점을 이해할 수 있었다. '혼자 잘 논다, 길들여지는 것을 싫어한다, 특정 대상에 충성하지 않는다.'라니, 얼마나 정확하게 본질을 파악한 것인지. 본가로 잠시 들어왔던 딸아이가 다시 객지로 떠나며 집엔 생후 7개월의 고양이만 남았다. 내 의지와는 상관없는 일이었고, 벌써 육 년 전이다.

식구라야 부부와 노모가 전부라 고요하던 집안은 언제 그랬냐는 듯 생기가 돌기 시작했다. 녀석은 호기심 가득한 표정으로 화분을 깨트리거나 탁자에 놓인 물건을 아래로 밀어버리는 것 같은 소소한 말썽을 부렸다. 고양이와 함께 살면서, 마치 손이 많이 가는 어린아이를 돌보기라도 하는 듯 어머니에게 활력이 생겼다. 적적하던 당신의 일상에 찾아온 봄바람처럼 느낀 것이리라. 인지장애로 힘들어하던 생의 마지막까지도 반려동물 달수 씨는 어머니에게 적잖은 위안이 되었다.

반려라는 말에는 상대에 대한 배려가 있다. 정서적으로 교감을 나누는 대상을 가족이나 동반자로 존중하는 마음이다. 장난감이나 관상용으로 바라보는 애완과는 다르다. 달수 씨와 함께 온 사소하면서도 묵직한 책임감 덕분에 매년 한 금융기관에서 발행하는 조사자료에 공감하게 되었다. 통계에는 네 가구 중 한 집이 반려동물과 함께 살며, 팬데믹 이후에는 더 늘었다고 한다. 하지만 주변에 입양을 추천하겠느냐는 항목에 답변자 대부분이 쉽지 않다는 답을 했다고. 함께하는 기쁨만큼 감당해야 하는 일도 많기 때문이리라.

시간이 지나면서 달수 씨는 나의 짐이 되었다. 다달이 들어가는 사료와 간식뿐만 아니라 중성화 수술, 정기검진, 최근에는 신장 이상으로 입원까지 하며 꽤 많은 비용이 들었다. 짧은 여행이라도 떠나려면 무엇보다 먼저 녀석이 지낼 곳부터 찾아야 했다. 마땅히 보호를 부탁할 곳이 없을 땐 고양이 호텔을 이용하거나 가급적이면 여행을 자제하게 되었다.

한 생명을 집으로 들이는 일에는 생각보다 많은 책임이 따른다는 것을 알게 되었다. 통계에 의하면 내 경험과 비슷한 이유로 파양이나 유기를 고민했다는 답변자가 제법 되었다. 반려인구 증가와 그래프를 같이해서 유기동물의 발생도

증가하고 있다. 반려동물은 인간의 필요에 의해 소모되는 존재가 아니라 삶을 함께 살아가는 동반자라는 인식의 전환이 필요한 시점이다.

"고양이의 사랑을 받는 것보다 더 큰 선물이 있을까." 찰스 디킨스의 말이다. 그가 기르던 고양이 '밥Bob'은 작가가 밤늦게 촛불 아래서 글을 쓸 때면 촛불을 불어서 끄곤 했다. 불을 다시 켜거나 어둠 속에서 글을 쓰려고 해도 화를 냈다. 마지못해 잠자리에 들면 그제서야 곁에서 함께 잠이 들었다고 한다.

성묘가 되어도 작은 몸집을 유지할 줄 알았던 달수 씨는 지금 7kg이 넘는 육중한 몸을 이끌고 집안을 누비고 있다. 큰 덩치에 긴 털을 자랑하는 품종이라고 하면 입양을 반대할까 걱정한 딸아이가 작정하고 속인 것이다. 본인은 아니라고 하지만 '노르웨이 숲'이 먼 옛날 바이킹과 함께 바다를 항해하던 대형종임을 몰랐을 리가 없다.

거대한 몸으로 캣타워 꼭대기에서 창밖을 바라보거나 체구보다 작은 박스에 숨기를 좋아하는 달수 씨. 흰 털과 더불어 사랑을 뿜어내는 우리 집 막내아들은 오늘도 쏟아지는 햇살 아래서 낮잠 중이다. 가끔은 털이 날리지 않는 청정지역이 그립기는 하지만 지금은 달수 씨 없는 집을 상상할 수 없다.

건망증

2층 창가에 앉아 창밖을 내다보았다. 겨울나무들이 서로 어깨를 부딪치며 해바라기를 하고 있다. 손톱 끝으로 창을 톡, 치면 쨍하고 하늘이 울리는 소리가 날 것 같다. 그래서였나, 머릿속이 '쨍' 울렸다.

"아, 마우스!"

주문한 커피를 들고 올라와서 한참이 지난 뒤였다. 노트북을 꺼내 세팅을 마치고 나서야 마우스를 가져오지 않았다는 걸 알았다. 아마도 지금쯤 내 방 테이블 위에서 조용히 낮잠을 즐기고 있으리라.

가방을 정리하면서 꼭 챙기겠다고 생각했는데 까마득하게 잊고 집을 나서고 말았다. 다시 가서 가지고 오는 것이

나을지 잠깐 고민이 되었지만 아쉬운 대로 터치패드를 사용하기로 했다. 마우스 없이 하는 일은 생각보다 더디고 자꾸만 실수가 생겼다. 작업의 속도보다 딴생각의 속도만 광속이었다.

최근 들어 머릿속에 점멸 신호등이라도 자리 잡은 듯 기억의 저편으로 사라지는 것이 많다. 신경을 써야 하는 중요한 일이나 오래된 기억을 잊는 것은 아니지만 사소한 것은 자주 망각한다. 가령, 자동차를 세워둔 장소나 중요도의 순위에서 밀린 약속, 노트북의 전원을 켠 이유 같은 것이다. 가스레인지 위에서 까맣게 타들어 가는 냄비라도 발견하는 날은 혹시 내가 모르는 다른 문제가 있는 것은 아닌지 걱정이 되기도 한다. 이렇게 깜빡깜빡 잊는 일이 생길 때마다 곱씹는 영화가 있다.

애니메이션 <도리를 찾아서>는 건망증을 지닌 주인공 도리가 부모님을 찾기 위한 여정을 그린다. 기억력이 4초에 불과한 블루탱 물고기 도리는 어릴 때 부모와 헤어져 길을 잃는다. 끊임없는 기억 상실이 발목을 잡지만 단점을 극복하기 위해, 친구들의 도움과 '도리만의 방식'으로 위기를 극복한다. 덕분에 주인공은 가족과 재회한다.

영화에 등장하는 캐릭터들은 모두 결점을 지니고 있다.

도리의 건망증은 위태로운 소동을 일으키기도 하지만, 쉽게 잊어버리는 탓에 언제나 밝다. 현재만이 존재하는 삶이라 순간에 충실할 수밖에 없다. 수족관에서 편안한 생을 보내고 싶은 문어 행크는 다리가 하나 모자라고, 고래상어 데스티니는 시력이 좋지 않다. 벨루가 고래 베일리는 자신의 음파탐지 능력이 고장 났다고 확신한다. 한쪽 지느러미가 작은 니모까지, 모든 인물은 부족함에 절망하지 않는다. 서로의 약점을 채우며 가장 자기다운 방식으로 위기를 헤쳐나가는 것이다.

마우스 하나 챙겨 오지 않았을 뿐인데 별것 아닌 사건은 나비효과처럼 생각을 증폭시켰다. 돌아보면 건망증은 작은 것들을 가볍게 여길 때 쉽게 생겼다. 염두에 둔 일이 있음에도 불구하고 즉각적으로 처리해야 하는 것에 마음이 가는 순간, 당장 급하지 않다고 판단된 사안은 완전히 머리에서 사라졌다. 그것이 내가 사용하는 사물이라면 약간의 불편을 감수하면서 그럭저럭 넘어갈 수 있지만, 사람이라면 상황이 달랐다. 거미줄처럼 조밀하게 짜인 관계 속에서 인지하지 못하는 사이 상처받는 이들이 생겼다.

무심함을 건망증이라 쉽게 치부할 수 있을까. 어쩌면 타인에게 받은 상처는 장기기억으로 오래 저장해 두고 내가 준

상처는 단기기억으로 쉽게 잊어버리는 것이 아닐까. 건망증 탓이라 편리한 변명을 하면서 스스로는 탱자나무처럼 암팡 스레 가시를 세우고 있는지도 모르겠다.

2층 커피숍, 소곤소곤 언어들이 햇살처럼 쏟아졌다. 삼삼 오오 둘러앉은 사람들이 관계의 동심원을 그리고 있다. 어떤 것은 묵은지처럼 곰삭은 듯 보이고 겉절이처럼 싱싱해 보이 는 것도 있다. 아름다운 파장을 살피며 내게 마음을 열어준 이들을 떠올렸다. 소중하지만 가끔은 귀찮게 느껴지기도 했 다. 내가 그러했던 것처럼 아마 나도 누구에겐가 그저 그런 존재가 되어 서서히 잊히는 중일 것이다. 건망증이라는 미명 아래 쉽게 지워지는 사람이기보다 오래 기억되는 이름이고 싶다. 그리고 보니 내게도 그런 이름이 몇 있다. 갑자기 그들 이 보고 싶다.

아랫배가 꼬르륵 소리를 냈다. '아차, 저녁에 등갈비찜을 해 먹기로 했었지.' 아침의 약속을 떠올리며 주섬주섬 가방 을 챙겼다. 붉어진 오후가 갈까마귀의 군무와 더불어 장관을 이루었다. 여기에 마음을 빼앗겨 또 할 일을 잊을지 모른다 는 걱정에 슈퍼를 향해 잰걸음을 옮겼다.

늦은 저녁, 가방을 풀던 나는 다시 경악을 금치 못했다.

"아! 충전기."

어쩌란 말인가, 이 주의 깊지 못함을. 겨울밤, 매서운 바
람을 맞으며 혹독한 대가를 치르러 나가야 한다. 잘 잊어버
리니 손발이 고생하는 '나만의 방식'인가 보다.

하늘로 날아오르다

날씨가 좋아서라고밖에 설명할 수 없는 일이 가끔은 있다. 그날, 잘 가던 길을 벗어난 건 오랜만에 완벽하도록 푸른 하늘 때문이었다. 고속도로를 달려 집으로 돌아오던 중이었다. 운전대를 잡은 그녀의 손톱 끝에서 붉은 나비가 팔랑거렸다.

"우리, 차 돌릴까?"

터질 듯한 열정을 드러내어 표현하지 못한 채 음악에 맞춰 손가락만 까딱거리던 그녀가 풋, 작은 소리로 웃었다. 마치 내 말을 기다리기라도 한 것처럼 다음 나들목에서 우회전했다. 그때 시야에 표지판이 들어왔다. 이정표는 푸른 하늘을 배경으로 금방이라도 날아오를 것처럼 보였다.

우리는 시간을 잊은 지 오래인 듯 먼지 쌓인 동네를 지나 갯마을로 접어들었다. 한눈에 다 들어오는 작은 백사장엔 사람이 없었다. 그늘에 차를 세우고는 근처 편의점에서 테이크아웃 커피와 돗자리를 샀다. 두 사람이 들어가기에 한참은 부족한 그늘에 어깨를 부딪치듯 앉아 바다를 바라보던 그녀가 말했다.

"그 영화 알아? 평범한 여자 둘이 여행을 떠났다가 우발적인 사건에 휘말리고 결국은 그랜드캐니언으로 뛰어들던……. 아까 고속도로를 달리면서 무작정 떠나고 싶다는 생각이 들었어."

<델마와 루이스>에는 예기치 않은 사건으로 범죄자가 된 두 여성이 등장한다. 영화는 강압적인 남편이 원하는 대로 새장의 종달새처럼 살던 델마와 작은 식당의 웨이트리스 루이스가 행복한 주말여행을 꿈꾸며 떠나는 여정을 따라간다. 타인이 정해준 테두리 안에서만 생활하던 두 주인공은, 여성이기 때문에 직면하는 사건들로 인해 스스로 사고하고 판단하고 행동해야 하는 능동적인 인간으로 변화한다. 포위망을 좁혀 오는 경찰을 뒤로하고 절벽 앞에 선 그녀들의 마지막 선택은 영화의 백미로 꼽힌다. 서로의 손을 잡은 채 그랜드캐니언에서 푸른색 오픈카를 타고 하늘로 날아오르는

것이다.

예술은 시대를 담아내는 그릇이다. 예술작품에 등장하는 인물에게는 동시대를 대표하는 인간에 관한 작가의 통찰력이 반영된다. 델마와 루이스는 아칸소주에서 그랜드캐니언에 이르는 대평원을 가로지르며 여성이기 때문에 받아야 하는 성적인 억압과 편견에 맞선다. 긴 여정 동안 리들리 스콧 감독은 주인공들을 통해 인간적인 성장을 보여주고 싶었을 것이다. 관객으로 하여금 스스로를 반추해 볼 수 있도록 기회를 제공하면서. 시대를 앞장서는 선구자와 같았던 두 여성에 대한 시각은 이제 보편적인 것이 되었을까. 영화가 개봉되고 오랜 시간이 흘렀지만 여전히 둘은 전장의 전사처럼 보인다.

"이렇게 건조한 일상이 이발소 액자에 든 돼지가족 그림 같다는 생각이 들 때가 있어. 그 안에 나도 박제되어 갇힌 느낌이랄까. 남편의 마리오네트, 아이들의 보호자, 집안일을 완벽하게 해내는 주부도 좋지만, 나 자신이 어디에 있는지 잘 모르겠어."

흰 피부에 웃을 때 눈이 없어지는 그녀는 결혼과 동시에 생겨버린 아이들이 어느 정도 크고 나서야 자신의 꿈을 위한 항해를 결심했다고 한다. 그리고 나는? 시간은 늘 분 단위로 쪼개서 쓰면서 종종걸음을 한다. 몸가짐과 행동거지, 언어를 조심하라고 교육받았고 늘 타인의 시선에 신경을 곤두세우며 살아왔다. 누군가의 딸로, 아내로, 어머니로 살아가는 일이 내겐 너무나도 당연한 일이다. 나는 어디에 있을까.

생물학적 성별이 아닌 사회가 만들어낸 성별이 있다. 사람들 사이의 관계 속에서, 그리고 시간에 따라 마치 살아있는 생명체처럼 모양을 바꾼다. 하지만 내가 살아가는 현실 속에서 여성에 대한 인식은 여전히 굳어 있다. 견고한 틀을 벗어나는 일은 얼마나 어려운 것인지. 딥페이크 포르노라든가, 데이트 폭력 같은 일들은 변함없이 벌어지고, 여성들은 약자일 수밖에 없다.

나는 페미니스트도 휴머니스트도 아니지만, 우리의 딸이 전통적인 성 역할을 강요당하거나 범죄의 대상 혹은, 남성 혐오의 선봉이 되길 결코 바라지 않는다. 그리고 성별이나 젠더의 개념에 함몰되지 않고, 인간이 지닌 절대적인 가치에 집중할 수 있게 되기를 바랄 뿐이다.

잔에 남은 커피 한 방울이 모래 위로 떨어져 자국을 남긴다. 성폭행 당할 위기 중에 불량배에게 맞은 델마의 입가에서 솟던 피의 색을 닮았다. 하늘로 날아오르던 두 주인공의 뛰는 심장소리도 저렇게 선명하지 않았을까. 손으로 움켜쥔 모래가 손가락 사이로 흘러내린다. 흩어지는 모래에 섞인 바람의 노래를 듣는다. 노래는 바다에서 들려오는 것 같기도, 하늘에서 들려오는 것 같기도 하다. 햇살은 오래도록 얼굴을 간질이고 있었다.

눈꺼풀에 늦은 오후의 붉은빛이 들어왔다. 전화기로 음악을 틀어둔 채 얕은 잠에 빠졌었나 보다. 홍조 띤 서로를 바라보며 누가 먼저랄 것도 없이 웃음이 터졌다. 그리고 아무 일도 없었던 것처럼 일어나 맨발로 바닷가를 걸었다.

발에 묻은 모래를 털고 차에 올라 다시 고속도로를 달린다. 하늘로 날아오르는 델마와 루이스처럼.

도깨비바위

능선을 돌자 숨이 막혔다. 저 얼굴을 보려고 이토록 힘든 오름을 참아냈구나. 우뚝 솟은 두상과 떡 벌어진 어깨가 영락없는 도깨비다. 머리로는 하늘을 받치고 눈은 아래를 살피는 모습이다. 손을 모으고 소원을 빌면 뚝딱하고 이루어질 것처럼 신령스럽다. 사람들이 남산의 수호신이라고 말하는 이유를 알 것 같다.

해발 400m의 높지 않은 산이지만 초행이었다. 급격히 저하된 체력 탓에 초입부터 겁이 나더니, 길지 않은 산행임에도 숨이 턱턱 막혔다. 바위가 많은 오르막에 진입하자마자 땅이 잡아당기기라도 하는 것 같아 당장이라도 주저앉고 싶었다. 마지막이라고 다독이며 능선을 넘으면 또 다른 처음이 시작되었다. 가야 할 길은 까마득하게 멀어 설핏 현기증이 일었다. 뒤를 돌아보면 지나온 길이 꿈인 것처럼 펼쳐져 있었다. 오르는 것이 쉬울까, 내려가는 것이 쉬울까? 이러지도 저러지도 못하는 무거운 몸만 땅 위로 뻗은 뿌리처럼 너덜너덜했다.

도깨비바위에 올라 하소연이라도 한다면 시도 때도 없이 기함하게 만드는 딸아이를 좀 더 이해할 수 있을 것 같았다. 소원을 말하면 무엇이든 들어준다는 도깨비가 나의 근심도 해결해 주기를 발자국마다 소망했다. 나무에 걸터앉아 그네를 타던 바람이 잠시 이마에 머물다 사라진다. 콧잔등을 촉촉하게 적시던 땀방울은 어느새 식었다.

딸아이는 멀쩡하게 다니던 대학을 그만두었다. 그러더니 어느 날은 만화에 나오는 전사 같은 복장을 한 사진이, 다른 날은 치킨집에서 아르바이트를 하는 사진이 인스타그램에 올라왔다. 소속된 밴드가 홍대 클럽에서 공연하는 영상은 가족을 기절초풍시키고도 남았다. 복장이며 행동이 영락없는 낮도깨비였다.

정해진 수순처럼 대학을 졸업하고 직장을 얻어 평범한 삶을 살리라 믿었던 우리 부부의 장밋빛 꿈은 산산조각이 나고 말았다. 내면에서 화산처럼 분출하는 아이의 SNS를 검열

하느라 내 마음도 쏟아진 탁구공처럼 사방으로 튀었다. 하나를 집어 들고 다른 것을 주우려 하면 손에 쥔 하나가 달아나 버렸다. 언제부터인지 명치끝에 무언가 억척스레 달라붙어 있었다. 몸통이 울리도록 주먹으로 퉁퉁 쳐도 내려가지 않았다. 가슴에 큰 바위 하나 올려놓은 것처럼 시도 때도 없이 답답함과 통증이 느껴졌다.

화병이었다. 정신은 브레이크가 망가진 기관차처럼 폭주했지만, 표현하지 못하는 날들이 계속된 결과였다. 모든 원인이 내 탓인 것만 같았다. 입 밖으로 내지 못한 자책과 울화가 쌓여 잠 못 드는 날이 많았다. 끝없는 가사노동과 여기저기서 불쑥 튀어나오는 골이 깊은 갈등, 하던 일을 그만두고 아이들을 위해 노력했지만 그럴수록 옆길로 새 버리고 말 때의 좌절감. 나의 의지와 상관없이 이루어지는 일들에 가슴은 누더기가 되었다.

요란하게 방망이질 치던 심장이 가라앉자 옷을 갈아입는 가을 산이 보인다. 시야를 넓혀서 사물을 바라보는 것이 참으로 오랜만이다. 오락실의 운전 게임처럼 장애물을 피하는 것에 급급해 멀리 바라볼 여유가 없었다. 일상이 정신없이 지나는 동안에도 세상은 제자리에서 여물어가고 있었구나.

비파골 입구에서 정상까지는 급경사에 인적이 드물어 예

사 숲길과 다른 영험한 분위기를 준다. 외부의 소요와 단절된 골짜기의 신비가 진신 석가를 비파곡에 깃들게 한 것이리라. 고요를 품은 등산로 곳곳에 석가사와 불무사의 전설이 있다. 신라 제32대 효소왕이 망덕사 낙성식에서 남루한 차림의 스님을 업신여기자 자신이 진신 석가라는 것을 알린 후 바위 속으로 사라져 버렸다. 왕이 놀라고 부끄러워 찾고자 했지만 삼성곡 주변 바위에 지팡이와 바리때만 남아 있었다.

남산에서는 보이는 모든 것이 불상이라는 말이 있다. 선사시대부터 하찮은 돌덩이에도 정성을 다하던 조상들의 염원이 진신 석가마저 바위로 사라지게 하지 않았을까. 깊은 소망이 하늘에 닿으면 이루어질 수 있다는 믿음이 바위 하나하나에 이름을 붙이고 마음을 담게 했으리라. 비파암, 삼형제바위, 남산부석, 상사바위, 도깨비바위……, 입안에서 조용히 궁굴려 본다.

수직으로 선 거대한 바위는 하늘에서 떨어져 꽂혔다는 말이 아니고는 설명할 수 없다. 얼마나 오래 이곳을 지키며 사람들의 소원을 들었을까. 발아래로 물들기 시작한 평원이 황금빛으로 넘실거린다. 햇살과 맞닿는 곳마다 누런 결실이 펼쳐진다. 바람이 하늘에 한 줄 선을 긋자 햇빛도 산란하기 시작한다. 눈부시게 쏟아져 내리는 빛살이 크리스털 광배가 되어 바위를 감싼다. 시선을 사로잡는 저 아찔함이 필부로 하여금 진심을 다해 기원하도록 한 게 아닐까.

이야기 속에서 도깨비는 우스꽝스런 장난을 치거나 심술을 부리기도 하는 모습이다. 항상 인간 주변에 머무르면서 선한 사람에게는 행운과 재물을 안기지만 악한 이들 앞에서는 냉정한 심판자가 된다. 그가 부리는 익살은 일상을 어지럽히기도, 삶의 무게를 가볍게 비틀기도 한다. 그렇기에 사람들은 유쾌함과 망측스러움, 비범함까지 갖춘 이름이 붙은 바위에 기도하며 수고로움에서 잠시 벗어날 수 있었을 것이다.

"인생은 멀리서 보면 희극이고 가까이서 보면 비극이다."* 딸아이는 지금 스스로가 저지른 일에 대해 책임지느라 나름대로 좌충우돌 중이다. 어쩌면 낮도깨비처럼 이해할 수 없는 아이의 4차원적 행동은 일반적인 인생의 궤도에서 약간 벗어난 것에 불과한지 모른다. 지금은 직진의 길에서 90° 좌회전한 것처럼 보이지만, 멀리 두고 본다면 또 하나의 옹이를 만드는 일이다. 한 개의 매듭이 생길 때마다 속으로 단단하게 영글어가며.

도깨비바위를 뒤로 두고 산을 내려간다. 어쩌면 내 소원은 이루어졌는지도 모르겠다. 딸아이가 달라지길 원했던 게 아니라 스스로의 길을 잘 개척해 나가길 바란 것이니. 늘 선한 결과를 만드는 도깨비니까 나라고 예외는 아닐 것이다.
산을 내려오는 발걸음이 산들바람처럼 가볍다.

* 찰리 채플린의 말.

시드볼트

지구의 온도가 계속 상승하거나 다른 여러 이유로 생존이 위협받는 상황이 발생한다면 세계는 어떻게 변할까. 대재앙 이후 살아남은 사람들은 어떤 방법으로 생을 이어가야 할까. '더스트'로 인해 폐허가 된 지구와 그 이후를 다룬 김초엽의 소설『지구 끝의 온실』을 읽으며 시드볼트를 떠올렸다.

자연재해나 핵전쟁 같은 대재앙이 발생한다면 식물이 사라질 수도 있다. 시드볼트는 만약을 대비하기 위해 종자를 영구적으로 보관한다. 이곳에 저장하는 씨앗은 인류의 생존이 위협받을 때라야 가지고 나갈 수 있는데 유엔식량농업기구에서 인정하는 국제종자보관소는 전 세계에 단 두 곳이다. 하나는 노르웨이령의 스발바르 시드볼트로 작물종자를 보관한다. 다른 하나가 경북 봉화에 있는 백두대간 글로벌 시드볼트이다.

백두대간 시드볼트는 야생식물 종자를 다룬다. 현재는 국내외 야생식물 종자 5천여 종, 23만여 점이 저장되어 있다. 씨앗을 휴면상태로 안전하게 보관하기 위해 지하 터널형 시설에 1년 내내 항온항습의 상태를 유지한다. 보관된 씨앗은 우리나라 야산에서 흔히 만날 수 있는 종자를 비롯, 700년 만에 꽃을 피운 '아라홍련'의 후계 씨앗과 550년 수령의 철쭉, 멸종 위기에 놓인 구상나무가 포함되어 있다. 그 외에 전 세계 국가 및 기관에서 위탁받은 종자를 무상으로 영구보존, 미래에 발생할지도 모르는 재난에 대비한다.

야생 종자를 보관하는 이유는 무엇일까. 야생식물은 작물의 모태이며 다양한 환경에 노출되었을 때 적응력이 우수하다. 작물 종자의 유전적 다양성이 획일화되어 가는 과정에서 원종에 대한 연구는 파괴된 생태계 복원의 열쇠가 될 것이다. 현재 연구 속도보다 사라지는 속도가 빨라 종자의 보관은 아주 중요한 일이 아닐 수 없다.

지구환경은 빠르게 변하고 있다. 연일 매스컴에서 기후변화에 따른 자연재해와 전쟁에 관한 이야기들을 다룬다. 지금도 멸종 위기의 식물들이 발생하고 있다. 인류 생존을 위협하는 상황이 아니고서는 반출이 불가하지만, 스발바르 시드볼트에서는 2015년 시리아 내전으로 인해 종자가 반출된 일이 있다.

미래가 어떤 모습일지 알 수 없다. 『지구 끝의 온실』과 같은 상황이 온다면 시드볼트는 노아의 방주와 같은 역할을 할 것이다. 새롭게 삶의 터를 닦아야 하는 때, 시드볼트에 저장된 종자들이 40일간의 대홍수 이후 비둘기가 물어온 올리브 가지처럼 새 삶을 견인하지 않을까. 인류의 미래를 준비하는, 자연과 인간이 만들어내는 초록 지문을 응원한다.

양동 풍경

여름 한낮, 정적이 흘렀다. 강렬한 햇살이 무색하도록 마을은 고요하다. 견딜 수 없는 더위에 온몸이 땀으로 축축하게 젖었다. 시간은 언제부터 멈추었을까. 낡은 흑백사진 속으로 들어가는 듯 느껴졌다.

나지막한 언덕배기를 올라가며 기와집들이 자리를 잡았다. 반듯한 앉음새가 주변 풍경과 더불어 인상적인 장면을 연출한다. 같은 공간이지만 보는 방향에 따라 다른 모습이라 단순히 좋다와 나쁘다로 표현할 수 없는 묘한 울림이 있다. 마을 전체가 유네스코 세계유산인 이곳은 무첨당, 관가정, 서백당을 비롯한 사대부의 고택들이 처음 건축되었을 때의 모습 그대로 방문객을 맞는다. 나지막한 담이 이어지는 골목을 걷다 보면 대문이 열리고, 열 살 무렵의 댕기 두른 아씨가 얼굴을 내밀 것만 같다. 키 큰 접시꽃이 호기심 가득한 아씨처럼 담장 밖을 구경한다.

아마도 소작인의 집이었을까. 한길 쪽으로 반쯤 열린 나무 대문이 시선을 사로잡았다. 이끌린 듯 다가가서 문안을 들여다보았다. 가르마를 타서 넘긴 듯 정갈하게 가꾼 텃밭과 반질반질하게 손질한 장독대가 먼저 눈에 들어왔다. 잔디를 심은 조그만 마당을 가운데 두고 기와를 얹은 본채와 슬레이트 지붕의 아래채가 얌전하게 앉았다. 방학이면 찾아가던 외할머니댁처럼 친숙한 풍경이다. 그 집에서 하루를 묵기로 했다.

볼이 발그레한 주인 할머니는 열아홉에 영천에서 시집와서 육십여 년을 이곳에서 살고 있다고 했다. '평생을 양동에서 사셨으면 세월의 파도에 휩쓸리지 않고 오히려 편안하지 않았을까?' 하지만 나는 알고 있다. 우물 안의 세상은 고요해서 작은 바람에도 오히려 더 크게 흔들린다는 것을.

하얀 머리칼을 곱게 넘겨 짧은 은비녀로 쪽을 찌던 외할머니도 그랬다. 일제 강점기에 지리산자락 산청에서 나고 자라, 그곳에서 얼굴도 보지 못한 채 외할아버지와 결혼했다. 아이를 낳고, 해방을 맞이하고, 한국전쟁을 겪으며 격랑의 한 시대를 살아냈다. 낮엔 국군이, 밤엔 빨치산이 마을로 내려오던 혼란의 시간 속에서도 가장 중요한 문제는 먹고사는 것이라 주변으로 곁눈질 한번 할 틈이 없었다.

자녀들이 성장해서 모두 출가하고 난 다음에야 비로소 허리를 펴고 머리 위 하늘을 바라볼 수 있었다. 그것도 잠시, 중동에서 생때같은 아들을 잃었다. 아들 시신을 수습하기가 무섭게 며느리는 보상금을 챙겨 손주를 앞세우고 떠나버렸다. 평생을 그리움 속에 살던 외할머니는 모든 기억을 놓아버리고 요양원에서 생을 마감했다.

이분은 어떤 일생을 살았을까. 500년 동안 관습에 굳어진 작은 마을에서 평생을 살아왔다면 그것이 안온하기만 했을까. 외할머니의 생애가 결코 개인만의 것이 될 수 없듯 주인 할머니의 인생 역시 그러했으리라. 곳간에 쌀이 얼마나 있는지, 부엌에 숟가락이 몇 개인지, 하다못해 지난 장날에 사 온 치마의 붉은색조차 숨길 수 없는 집성촌에서 개인은 언제나 집단에 귀속되었을 것이다. 옆집 숙부댁, 뒷집 할머니댁, 여강 이 씨, 월성 손 씨의 삶 하나하나는 씨줄과 날줄로 직조되어 양동마을 500년의 역사가 되어온 것이리라.

항상성homeostasis은 살아 있는 생명체가 생존에 필요한 안정적인 상태를 능동적으로 유지하는 것을 의미하는 생물학적 용어다. 생물은 외부 환경이 변하더라도 내부 환경의 변화를 최소화하기 위해 다양한 조절 메커니즘을 가동한다. 이러한 항상성의 개념은 사회와 가족에도 적용이 된다. 내외부에서 발생하는 문제에 대응해 사회체계와 가정생활의 균형과 안정을 지속하기 위해 집단은 그 구성원들에게 협력과 보충을 요구한다. 적당한 통제와 사회화가 공동체를 유지하는 역할을 한다는 것이다.

500년 동안 양동은 하나의 생물체처럼 항상성을 지니게 되었을 것이다. 시간과 공간 그리고 그것을 바라보는 인간의 의식은 변했지만, 마을은 안정적인 상태 유지를 위해 스스로 애쓰지 않았을까. 기쁨과 슬픔이 연대를 이루어 그루터기처럼 마을을 지켜 온 것인지도 모른다.

담장엔 봉숭아가 피고, 마당엔 살구나무가, 텃밭에는 오이가 자란다. 아이들은 골목을 뛰어다니며 까르르 웃는다. 저녁이 되면 부엌에서 달그락달그락 그릇끼리 맞닿는 소리가 난다. 젊은 새댁은 분꽃을 꺾어 꽃술을 길게 늘어뜨린 귀고리를 만들어 내 귀에 걸어준다. 할머니는 주름진 손으로 낡은 이불을 반듯하게 개어 놓는다. 할머니의 할머니는 사각사각 속삭이는 소리가 나는 이불을 덮고 눕는다. 공기에서 아늑한 품 안 같은 햇살 냄새가 난다.

밤새 꿈을 꾸었나 보다. 몇 번쯤은 목이 꺾였을 낡은 선풍기는 그 밤 내내 밭은기침처럼 바람을 토해내더니 아침이 되자 조용해졌다. 문밖에선 바지런한 주인 할머니의 비질 소리가 들린다.

바람의 일

"코요테야, 코요테야, 내게 말해 줄래. 무엇이 마술인지? 마술은 그해의 첫 딸기를 먹는 것, 그리고 여름비 속에 뛰노는 아이들을 바라보는 것." 북아메리카 원주민의 구전 민요 <코요테의 노래>를 읽을 때마다 이파리를 흔드는 바람과 잠깐의 소나기를 상상한다. 무성한 풀 사이를 뛰어다니는 아이들의 웃음소리, 짓이긴 풀에서 뿜어 나오는 강렬한 초록 피의 냄새, 여름 언덕 위로 피어나는 무지개까지.

입추가 지났다고는 하지만 아직 대지는 불타는 듯 뜨겁다. 거리에서 만나는 그늘 한 점, 잠깐의 바람이 너무나 소중하게 느껴지는 요즈음이다. 서늘하게 출발한 바람도 내 얼굴에 닿을 때쯤이면 햇빛 사워로 후끈 달아올라 있기 일쑤지만, 그나마도 없는 것을 상상하기 어려울 만큼 고맙다.

바람의 일이 참으로 많다. 바람개비를 움직이고, 전기를 만들고, 연을 밀어 올린다. 범선의 등을 밀기도, 날 수는 있지만 날갯짓을 할 수 없는 앨버트로스를 활공하도록 만든다. 비눗방울을 공기 중으로 풀어놓기도 하는 바람은 식물에게도 아주 중요하다.

향기를 옮기는 것은 바람의 일이다. 나무가 무성한 곳에 가면 꽃뿐만 아니라 열매, 줄기, 잎, 뿌리에서 뿜어내는 싱그러운 향을 맡을 수 있다. 바람을 따라 퍼지는 식물의 향기는 곤충을 유인하는 일을 한다. 박테리아나 곰팡이의 공격을 막아내는 살균작용, 자신만의 영역을 표시하기도 하고, 해충의 천적을 부르거나 보호향을 뿜기도 한다.

바람은 공기를 소통시켜 나무가 잘 자라도록 돕는다. 밀생한 잎 주변으로 바람이 불면 산소와 이산화탄소의 이동이 쉬워진다. 과습을 해소하기 위해서도, 증산작용이 잘되지 않을 때도 도움이 된다. 식물의 온도를 조절하고 나무를 흔들어 성장을 돕기도 한다. 기공을 덮은 먼지를 털어내는 것도 바람의 역할이다. 소나무의 꽃가루와 단풍나무의 시과, 민들레의 홀씨를 멀리 보내는 일 또한 빼놓을 수 없다.

한바탕 태풍이 훑고 지난 공원을 바라본다. 언제 그랬냐는 듯 다시 태양이 내리쬔다. 산란하는 빛 아래서 이토록 무성한 초록이라니. 더위에도 초록은 제 일에 열심이다. 나무는 나무의 일을 하고, 바람은 바람의 일을 하고, 나는 나의 일을 하다 보면 이 무더위도 곧 지나가리라.

싱글 오리진 혹은 블렌디드

와글와글하다. 튀어 오르기 직전의 공처럼 내밀한 긴장이 있다. 똑같은 옷을 입고 객석에 앉은 이들의 표정이 기대로 반짝인다. 사회자의 흥분된 말소리에 맞춰 일어난 눈부신 젊음이 일제히 사각모를 하늘로 던진다. 바야흐로 졸업이다.

다양한 피부색을 지닌 많은 졸업생 가운데 작은아이가 어디쯤 있을지 짐작해 보았다. 눈에 잘 들어오지는 않지만, 지금쯤 녀석은 자신에게 주어진 아름다운 순간을 한껏 즐기고 있으리라. 선물로 준비한 꽃다발에서 싱그러운 초여름의 향기가 났다.

꽃다발을 들고 졸업식장을 빠져나오는 수많은 인파 속에서 아이를 발견했다. 혼자서 살아내기 힘들었을 때도 많았을 것이다. 활기차게 축하 인사를 나누는 사람들 사이에서, 딸애는 무수한 비바람을 이겨내고 푸른 잎을 밀어내는 나무처럼 보였다. 표정에서 스스로에 대한 대견함과 미래를 향한 기대를 읽을 수 있었다. 하지만 어떻게 모를까. 다민족이 함께하는 대학 생활이 쉽지만은 않은 시간이었다는 것을.

　왁자지껄한 인사가 끝난 후 밀려오는 흥분과 피로를 가라앉히기 위해 근처 카페에 들렀다. 싱글 오리진의 따뜻한 아메리카노를 주문하는 내 옆에서 아이는 블렌딩 된 콜드브루를 택했다. 푹신한 의자에 들뜬 마음을 맡기고 앉았다. 따뜻한 카페인의 위로를 받으며 맞은편의 아이를 보았다. 차가운 커피를 홀짝거리더니 실내에 흐르는 음악에 맞춰 유리잔 표면에 맺힌 물방울을 튕겼다. 탱탱볼처럼 어디로 튈지 모르는 탄성이 느껴졌다.

　싱글 오리진은 하나의 원산지에서 생산된 커피를 의미하는 말이다. 특정 지역의 독특한 향과 맛을 강조하기에 에티오피아 예가체프나 콜롬비아 우일라, 케냐 AA처럼 이름만 들어도 대략의 풍미를 짐작할 수 있다. 원두가 생산된 지역의 토양, 기후, 고도, 가공 방법 등이 커피의 맛과 향에 영향을 미치기 때문에 특유의 맛을 지닌다. 반면 블렌디드 커피는 특징이 다른 여러 가지를 섞어 새로운 맛과 향을 낸다. 혼합하는 이유는 다양한 속성이 함께 있기에 단일 품종이 지닌 단점을 보완하면서 훨씬 풍부한 맛을 느낄 수 있기 때문이다.

어릴 적, 몇 번의 이사 끝에 부모와 함께 울산에 정착했다. 초등학교와 중고등학교를 그곳에서 졸업했고, 대학과 결혼으로 잠시 떠나 있던 시기를 제외하면 내 생의 경계는 살고 있는 지역을 크게 벗어나지 않았다. 남편도 마찬가지였다. 개인이 지닌 가치관이나 삶의 방식에는 지역성도 큰 역할을 하리라. 싱글 오리진 커피가 그러하듯. 평생 비슷한 지역에서 어깨를 비비며 살 줄 알았던 작은 아이는 자신만의 새로운 경계를 원했다. 그렇게 열다섯에 홀로 비행기에 올랐다.

이민과 정체성 찾기 과정을 다룬 영화 <브루클린>은 1950년대, 아일랜드 출신의 에일리스 레이시가 등장한다. 영화는 태어난 곳인 고향과 새롭게 삶의 터전이 된 곳 사이에서 느끼는 혼란을 섬세하고 따뜻하게 표현한다. 고향에서 기회가 없는 하루하루를 살던 에일리스는 뉴욕으로 이주해 새로운 삶을 시작한다. 그녀는 이탈리아계 미국인 토니와 사랑에 빠지며 꿈을 키우지만, 언니의 부고를 듣고 아일랜드로 돌아간다. 가족과 친구들의 환대가 그녀의 마음을 흔들었다.

게다가 잘생기고 능력까지 갖춘 남자의 구애를 받는다. 고향이 주는 편안함에 머물 것인지, 새롭게 쌓아 올린 미래가 있는 곳으로 돌아갈지 갈등하던 주인공은 결국 미국으로 돌아가기로 결심한다.

결은 다르지만 아이도 많은 혼란을 경험했으리라. 친구를 사귀는 것부터, 달라진 문화를 수용하는 일까지 모든 것이 시련의 연속이었을 것이다. 언어의 장벽은 또 얼마나 높았을까. 미래를 알 수 없는 긴 시간 동안 홀로 사춘기를 견디고 입시와 취업을 준비해야만 했다. 틀린 것이 아니라 다를 뿐인데, 하루에도 몇 번씩 자신은 누구이며 어디에 머물러야 하는지 고민도 했을 것이다.

단일민족 국가임을 자랑하는 교육을 받고 자란 것이 무색할 만큼 요즈음 우리나라에서도 문화적 배경이 다른 사람을 쉽게 만날 수 있다. 미성년의 아이들이 체감하는 것은 더 많을 듯하다. 농촌지역에서 초등교사로 근무하는 지인의 이야기만 들어도 다문화는 시대의 흐름처럼 느껴지지만, 한국에 있는 동안은 그다지 체감이 되지 않았다.

뉴욕은 이민자의 땅이라는 것을 어디에서든지 느낄 수 있었다. 아이 주변만 해도 그랬다. 다민족의 친구 넷과 같은 집에서 살았고, 취업으로 거처를 옮기며 새로 구한 룸메이트

역시 다른 문화권 출신이다. 개인의 정체성은 유지하려 노력하면서 어울리고 뒤섞여 새로운 문화를 만들고 있었다.

삶은 필연만큼 무수한 우연이 개입되는 것이 아닐까. 인지하지 못한 채 지나는 것들 사이에서 가끔은 '만약, 다른 선택을 했으면……' 하고 생각하는 시점이 있다. 그때 아이를 보내지 않았다면 지금은 어떤 모습일까, 생각한다. 그랬다면 지금 음악에 맞춰 손가락을 튕기는 아이를 바라보는 내 시선은 달라졌을까.

열린 창으로 향긋한 소리가 들린다. 카페 앞쪽에 보이는 작은 정원에서 불어오는 바람이다. 키가 큰 독일가문비나무부터 느티나무, 벚나무, 산딸나무, 병꽃나무, 긴병쑥풀, 미나리아재비가 모두 재잘재잘 제 목소리를 낸다. 하나씩 보아도 아름다운 싱글 오리진들이지만, 바닥에 앉은 잔디까지 모두 어우러지니 더없는 조화를 이룬다.

내 삶은 예전에도 지금도 이후에도 싱글 오리진일 것이다. 아이의 삶은, 싱글 오리진 혹은 블렌디드, 어떤 모습이 될지 아직은 알 수 없다. 무엇을 선택하든 그 생이 아름답고 행복하기를 바란다. 태어난 곳과 떠나온 곳, 그리고 앞으로 정착하게 될 장소가 어디든 자신의 정체성을 잃지 않으면서 세계인으로 자연스레 융화되기를.

카페 안쪽에서 생두를 볶는지 강렬한 향이 풍겨 나온다. 지금 로스팅되는 커피는 싱글 오리진일까, 블렌딩일까. 창밖에서 젊은 느티나무들이 햇살에 반짝인다.

4 부

나무는
얼마만큼의
땅이
필요할까

상아 실패

바람의 감촉이 나비의 날갯짓처럼 부드럽다. 나른한 봄 기운에 얇은 재킷을 꺼냈더니 단추가 달랑거린다. 단단하게 새로 고쳐 달고 나갈 심산으로 반짇고리 뚜껑을 열면서 오래된 실패의 안부를 확인한다.

요즘은 반짇고리를 꺼내는 경우가 드물다. 아이들은 자라서 떠났고, 이불을 깁는 것처럼 매번 신경 써서 챙겨야 하는 일도 오래전 졸업했다. 두어 달에 한 번쯤 꺼내 사용하지만 열 때마다 꼭 확인해 보는 것이 상아 실패다.

벌꿀색 실패는 어머니의 어머니가 사용하던 물건이다. 본인이 돌아가시기 전까지 아끼던 것이 지금은 자연스레 내 차지가 되었다. 나비 모양의 얇고 평평한 몸체에 아직 사용하지 않은 무명실이 두툼하게 감겨 있다. 당신이 정정하던 때엔 철철이 이불 홑청을 삶아 풀을 먹여 정성들여 시쳤다. 그때는 봄가을 외에도 제법 여러 용도로 바쁘게 돌돌돌 실을 풀어냈다.

오늘처럼 봄볕이 좋은 날이면 어머니는 겨우내 덮었던 이불을 걷어 냈다. 햇살 쏟아지는 거실 바닥에서 쪽가위로 삶의 각질이 묻은 실을 똑똑 잘라낸 후 세탁기에 돌렸다. 예전에는 우물가에서 방망이로 두드려 빨았다는 말을 꼭 곁들이면서. 세탁을 마친 홑청은 묽게 쑨 밀가루 풀에 담근 다음, 꼭 짜서 말렸다. 고부간에 마주 앉아 두 개씩의 모서리를 잡고 밀고 당기며 반듯하게 널 때면 간밤의 근심 몇 개도 함께 주름을 폈다.

바짝 마른 홑청을 바닥에 펼친 후, 지나는 바람에 맑게 목욕한 솜을 올리고는 네 귀퉁이 각이 잘 맞게 꿰맸다. 이때 무명실이 도톰하게 감긴 실패가 등장했다. 길쭉한 이불 바늘에 최대한 길게 실을 꿰고는 한 땀 한 땀 길을 냈다. 노련한 어머니의 가지런한 바늘땀과 초보인 나의 삐뚤빼뚤한 바늘땀이 서로 마주 보고 걸었다.

어머니는 부농의 딸로 태어나 사업가의 아내로 평생을 살았다. 젊었을 때 의류 카탈로그 모델을 했을 만큼 고운 얼굴이라 연배의 어른들에서 보이는 궁핍함이 당신에게선 느껴지지 않았다. 하지만 사업이라는 것이 그렇듯 크게 성공하기도 했지만, 번 돈을 다 잃고도 모자라 가재도구에까지 경매 딱지가 붙기도 했다. 어떤 때는 야반도주로 주거지를 옮겨야 하는 일도 있었다. 아버님의 뇌출혈과 돌아가실 때까지의 오랜 간병, 사업 유전자가 없는 아들들의 실패가 줄줄이 이어졌다. 그러는 동안 가세는 조각난 헝겊처럼 너덜너덜해졌다.

실패처럼 제 몸에서 한 올 한 올 실을 풀어 굴곡진 삶을 기워 오던 어머니는 마침내 가진 것이 하나도 남지 않았다. 시간의 흔적이 쌓이면서 뽀얗고 귀한 미백색은 누렇게 변색이 되었다. 모란이 수놓인 화려하고 큰 반짇고리 속, 색이 변한 실패는 어쩌면 거추장스럽기만 하거나 쓸모가 없어진 것인지도 몰랐다.

버리기도, 가지고 있기도 불편하다는 실패를 굳이 내가 쓰겠다며 챙겼다. 결혼한 지 겨우 일 년째 되던 해의 일이다. 작고 콤팩트한 반짇고리에 담긴 커다랗고 변색된 실패는, 날렵함과 아기자기함을 자랑하는 다른 바느질 도구들과 어울리지 않았다. 우리도 그랬다. 서른도 되지 않은 어린 나와 삶의 내공이 겹겹이 쌓인 어머니는 같은 공간에 있었지만 서로

스며들기가 힘들었다. 나는 나대로, 당신은 당신대로 새로운 상황에 적응하는 시간이 필요했다.

어느 날 큰아이 돌상에 올렸던 무명실 타래를 찾은 어머니가 상아 실패를 꺼내 왔다. 내 양손에 실타래를 끼우더니 본인은 묶인 실의 매듭을 찾아 감기 시작했다. 어머니의 리듬에 맞춰 손을 양쪽으로 움직이면 맨몸의 실패에 차곡차곡 실이 감겼다. 그 완벽한 호흡의 시간 동안 당신과 나는 실타래에서 실만 풀어낸 것이 아니라 담아만 두고 말할 수 없었던 마음을 풀어내고 감았다. 그렇게 서로가 지닌 모서리를 둥글게 만들었다.

함께 살기 시작한 지 얼마 되지 않은 때, 아직 초보 주부라서 홑청을 손질하다 보면 어머니의 힘에 매번 앞으로 쏠려서 넘어지기 일쑤였다. 하지만 이불 빨래를 마지막으로 하던 팔순이 훨씬 지난 후에는 당신이 내게 딸려 왔다. 아마도 힘의 균형이 변하는 동안 삶의 이력도 자연스레 전수되고 있었나 보다.

이불 꿰매는 일이 끝나도 실패는 일 년 내내 이래저래 바빴다. 철마다 베갯잇도 꿰매야 했고, 행주와 걸레의 가장자리 감침질용으로도 사용되었다. 여름이면 봉숭아를 찧어 손톱에 묶기도 했으며, 장아찌를 만들거나 백숙을 삶을 때면 제 몸에 감긴 무명실을 푸느라 바쁘게 움직였다. 아이들이 통과의례로 겪는 유치를 뽑을 때도 무명실은 없어서는 안 될 도구였다. 실을 풀어 치아와 문고리를 묶은 후, 문밖에 울음이 그렁그렁한 아이를 세워두고 닫힌 방문을 여는 것으로 영구치 시대가 개막되었다.

무거운 목화솜 이불을 손질이 간편한 차렵이불로 바꾸고, 그에 맞춰 베개 커버를 씌웠다. 아이들도 더 이상 유치를 뽑거나 손톱을 물들이지 않게 되자 실패는 반짇고리 안에서 잠만 자는 날이 많았다. 무료한 봄날의 늙은 고양이처럼 제 집에서 엉킨 털을 세는 시간이 길어졌다. 어머니도 그랬다. 한 올 한 올 당신 몸에서 풀어낸 실로 집안의 모든 균열을 기워 내며 활력이 넘치던 분이, 빠르게 진행된 환경의 변화와 함께 노쇠해 갔다. 점점 해야 할 일, 할 수 있는 일이 줄어들면서 영혼에 쌓이는 주름의 숫자가 늘었다. 그리고 초겨울, 아직 따뜻한 햇살을 따라 먼 길을 떠나셨다.

중국 당나라 이복언의 『속현괴록續玄怪錄』에는 언젠가 맺어질 인연은 보이지 않는 운명의 실로 서로 이어져 있다는 이야기가 있다. 월하노인이 붉은 끈으로 발목을 묶은 남녀는 아무리 원수지간이라 하여도 반드시 맺어진다는 것이다. 인연이 비단 남녀 사이에만 있을까. 어머니와 나도 운명의 실에 연결되어 있었던 건 아닐까. 처음 보는 누구라도 딸이라 생각할 만큼 닮은 외모며, 막내며느리와 삼십 년 가까이 함께 살면서 차곡차곡 쌓은 이야기들, 당신의 임종을 혼자 지켰다는 것까지. 우리는 아마 새끼손가락 어느 마디쯤에 흰색 무명실을 단단하게 묶고 있었는지도 모르겠다.

아침에 일어나거나 외출했다 들어오면 인사를 드릴 어머니는 안 계신다. 부재의 상실감과 텅 빈 느낌에 한동안 힘이 들었지만 이제 조금씩 적응되어 간다. 어쩌면 집 안 구석구석, 할머니에서 어머니 그리고 내게로 온 실패의 시간 같은 게 있어서 허전함을 견딜 수 있는 건지도 모르겠다.

실을 꿴 바늘이 갑자기 흐릿해진다. 창밖으로 나풀나풀 나비 한 마리가 날아오른다. 실낱같은 햇살을 따라나선 당신이 새삼 그리워진다.

수평근

해안선을 따라 소나무 군락이 병풍처럼 줄지어 서 있다. 나무들은 솔밭을 흔드는 바람에 단단하게 결계를 친다. 소금기 가득한 지표면 위로 굵고 가느다란 뿌리가 파도처럼 넘실거린다. 억척스레 모래땅을 움켜쥐고 있는 수평근의 힘줄이 햇살 아래서 선명하게 불거진다.

나무는 척박한 땅이나 토심이 얕은 곳에서 깊이 뿌리내리지 못한다. 대신 지면 가까이에서 평평하게 수평근水平根을 뻗어 수분과 영양분을 모은다. 표면에서 표면으로 곁뿌리를 펼치며 주근主根이 해야 할 일을 묵묵히 나누는 것이다.

동생에게 엄마의 간병을 맡기고 집으로 돌아가는 중이었다. 도로는 동맥경화 걸린 혈관처럼 가다 서다를 반복하고 있었다. 어려운 수술은 아니었지만 지난 며칠의 병원 생활은 태풍 속을 지나는 것처럼 위태로웠다. 회복 기간 중 갑자기 들이닥친 섬망으로 가족들을 놀라게 하더니, 언제 그랬냐는 듯 어젯밤엔 정상으로 돌아왔다. 꽉 막힌 길이 시원스레 뚫리기를 막연히 기다리기보다 걱정 탓에 피곤해진 머리를 파도에 씻어 낼 요량으로 차를 돌렸다. 정신없는 롤러코스터를 겨우 벗어난 나의 사정과는 상관없이 바다는 푸르러 비바람이 지나간 흔적을 찾을 수 없었다.

평소 약한 다리로 억척스럽게 살아서 그랬는지 엄마는 무릎이 빨리 상했다. 절룩거리며 통증을 참다 견딜 수 없을 지경에 이르러서야 진료를 받았다. 수술이 끝나고 피주머니를 단 채 병실로 들어서던 당신은 내가 생각하던 것보다 왜소했다. 마취 기운이 완전히 풀리지 않아 까무룩 잠든 엄마에게 이불을 덮어 주다 문득 시선이 환자복 아래 발목으로 옮겨 갔다. 흉터는 예전에 비해 많이 흐려져 있었다. 나는 피부가 엉겨 붙어 일그러진 발목을 조심스레 어루만졌다.

가까이 다가가 소나무를 쓰다듬어 본다. 바닷가의 거친 환경에 적응하며 튼실하게 몸집을 키우는 것이 쉽지만은 않았을 것이다. 거북의 등껍질처럼 갈라진 틈 사이로 곡진한 세월이 새겨져 있다. 소금기 가득한 바람과 강한 자외선에 그을린 듯 수피는 까맣다. 손이 닿으면 찌를 듯 억센 잎과 지면으로 끈질기게 핏줄을 뻗어 가는 뿌리들에서 살아온 시간의 내력을 읽는다. 이토록 강인한 생명력을 얻은 것은 모진 수난들을 이겨냈기에 가능한 일이 아닐까.

곰솔이 거친 환경 속에서 제 몸을 지키기 위해 뿌리털로 지면을 움켜쥔 것처럼, 엄마도 흔들리는 가정을 보살피기 위해 질긴 힘줄을 키웠다. 당신의 발목에는 양각으로 도드라져 불끈거리는 흉터가 있었다. 동생이 태어나고 얼마 지나지 않아 난로 위의 주전자가 넘어지며 입은 화상이다. 엄마가 막아서지 않았다면 뜨거운 물길은 근처에서 놀고 있던 우리를 덮쳤을지도 모른다.

조그맣게 운영하던 사업 실패 후 아버지는 오래 부재중이었다. 하루가 멀다하고 찾아오는 빚쟁이 탓에 덧난 상처는 쉽게 낫지 않았다. 제대로 치료받지 못한 발목에 사방으로 뻗은 흉터가 크게 남았다. 그때부터였을까, 잔뿌리처럼 여리기만 하던 엄마가 강인해진 것이.

가장노릇이 힘들어진 아버지를 대신해 엄마가 생계를 책임져야 했다. 갚아도 자꾸만 늘어나는 부채에 몰려 약간의 세간살이를 이고서 야반도주하듯 살던 곳을 떠났다. 내가 초등학교도 들어가기 전이었다. 가정을 보살피는 일에 흥미를 잃은 아버지는 술기운에 불콰해진 얼굴로 '이놈의 세상'을 안고 집에 들어오기 일쑤였다.

저기압의 날들이 깊고 컴컴한 터널처럼 이어졌다. 차갑고 축축한, 언제 무너질지 모르는 집안을 엄마는 넓게 펼친 실핏줄로 야무지게 움켜쥐었다. 올망졸망 품을 파고드는 자식들을 데리고 봉제공장에서 일감을 받아와 인형의 솔기를 마감하기도 했고, 가내수공업 공장에 나가 날염도 했다. 리어카를 끌고 뙤약볕 아래서 냉차를 팔기도 했지만 곁뿌리는 팍팍한 현실에 자주 좌절했다.

삶이 덧정 없어 포기하고 싶을 때도 많았으나 새카맣게 반짝이는 눈동자로 당신만을 바라보는 어린 자식들이 발목에 매달렸다. 덮쳐 오는 시련에 껍질이 닳아 벗겨지면서도 아이들의 눈빛은 근육을 키우는 동력이었다. 수분도 양분도 부족한 곳에서 강인하게 길을 개척해 가는 수평근이 되어 엄마는 가정을 건사했다. 집이 흔들리지 않도록, 바람에 넘어가지 않도록.

고흐의 <감자 먹는 사람들>을 좋아한다. 그림은 늦은 저녁 식사를 하는 초라한 농가의 모습을 담고 있다. 흐릿하게 어두운 석유램프와 제대로 된 가구라곤 하나도 없는 집이지만 구차해 보이지 않는다. 고단한 하루를 마친 후 가족이 함께 식탁에 앉아 추수한 감자와 차를 나눠 먹고 있다. 서로 음식을 권하는 얼굴에는 힘든 노동에서 오는 피로보다 삶에 대한 희망이 엿보인다. 그들의 손목에서, 표정에서 불거진 힘줄이 수평근처럼 서로를 끈끈하게 감싼다.

엄마 발목에 남은 흉터는 가정을 지키기 위해 단련된 흔적이다. 실팍한 혈관은 한 걸음 한 걸음 세상을 움켜쥐며 한 가족사를 지탱해 냈다. 오랜 무두질로 단련된 지면이 지금은 제법 단단해졌고, 썩어가던 주근은 조금씩 자리를 잡았다.

세찬 바람 속이었던 엄마의 시간을 듣는다. 짭조름한 갯내 머금은 둥치를 끌어안고 나무의 속삭임에 귀 기울인다. 한때는 견디기 어려울 만큼 절박한 순간도 있었지만, 지나간 모든 일은 아름다움의 수피를 입는다. 이제 그 힘줄로 당신만을 위해 단단한 근육을 키우기를, 모래를 움켜쥔 수평근에 마음을 기댄다.

둥근 오후

아침 8시 30분, 아파트 마당이 부산하다. 출근하는 사람들, 등교하는 학생들이 쏟아놓은 구슬처럼 흩어진다. 이와 다르게 상대적으로 시간의 흐름이 느린 사람들이 있다. 유치원 가는 아이들과 노치원 가는 노인들이다. 모두 보호자의 손을 잡고 셔틀버스를 기다린다. 유년과 노년이 무리 지어 버스를 기다리는 모습이 처음엔 생경하게 보이더니 이제는 익숙한 일상이 되었다.

아이들은 올망졸망 가방을 메고 재잘거리며 뛰어다닌다. 호기심 가득한 표정으로 주변을 살피기에 정신이 없다. 혹시 다치기라도 할까, 부모는 아이의 손을 놓지 않는다. 노인들은 알록달록한 지팡이를 짚고 있다. 눈에는 고요가 섬처럼 매달려 있다. 허공을 담은 얼굴엔 표정이 없다. 혹시 넘어지기라도 할까, 보호자들이 손을 놓지 못한다.

드디어 노란색 버스가 도착한다. 아이들은 선생님이 시키는 대로 손을 배꼽에 대고 다녀오겠습니다, 인사를 한다. 일렬로 올라타서는 밖을 향해 손을 흔든다. 창 가까이 얼굴을 댄 채 이마도 눌러보고 코와 볼을 눌러 부모를 웃게 만든다.

노치원 버스는 대개 하얀색이다. 노년도 요양보호사의 도움을 받아 버스에 올라탄다. 구부정한 어깨와 말을 잘 듣지 않는 다리는 이미 본인의 통제에서 벗어난 나무토막처럼 보인다. 자리에 앉으면 절대 옆을 돌아보는 일이 없다. 창밖에서 보내는 잘 다녀오세요, 라는 인사는 수신인에 닿지 못하고 차창을 통해 반사된다. 잠시 뒤, 두 대의 버스는 요란한 신호음을 남기고 출발한다. 보호자들은 이제 잠깐 동안의 해방이라며 서로 가볍게 인사를 나누고 각자의 공간으로 사라진다.

노치원은 주간보호시설을 이르는 말로, 대부분의 사람들은 '노치원이 뭐지?' 하는 의문을 가진다. 하지만 집에서 부모를 모시는 사람들은 모두 아는 단어다. 아이들이 처음 부모의 품을 떠나 교육을 받는 유치원처럼, 노치원은 노년들이 보호자의 품을 떠나 돌봄과 보호를 받는 곳이다. 부모를 부양해야 하는 장년층은 동시에 경제활동도 가장 활발하게 해야만 하는 시기다. 때문에 가정에 돌봄이 필요한 사람이 발생하면 현실적인 문제들이 생기게 된다. 생업도 신경 써야 하지만 특히 노령의 환자나 치매 노인을 보호자 없는 집에 혼자 둘 경우 위험에 노출될 가능성이 높아 여간 신경 쓰이는 일이 아니다.

우리 집도 그랬다. 약간의 예상은 하고 있었지만, 막상 어머니가 치매 진단을 받으니 발등에 떨어진 문제가 한둘이 아니었다. 우선 혼자 계시게 하고 집을 비우는 것이 부담되었다. 잠깐의 외출도 걱정이지만 식사 시간이 끼어있거나 장기간 집을 비워야 하는 때는 근심이 더 많았다. 초기엔 식사 준비를 미리 해 두고 나가는 것이 가능했지만 증세가 심해지면서 그것도 어려웠다. 때마침 주간보호센터와 연결이 되어 아마추어인 내가 하지 못하는 일을 전문가들이 일정 부분 맡아 주었다. 어머니가 노치원에 계시는 동안은 그나마 안심하고 일을 볼 수 있다.

배웅을 마치고 집으로 들어와 커피를 내린다. 참으로 고마운 시간이다. 어머니가 집에만 계실 때는 신경이 온통 거기에 가 있어 마음의 여유가 전혀 없었다. 미용실을 다녀오거나 장을 보는 일에도 늘 종종거려야 했다. 노치원에 다니기 시작한 뒤부터 바쁜 일상 중에 이렇게 숨 한번 돌릴 마음의 여유가 생겼다.

창가 식탁에 앉아 막 물들기 시작한 가을을 바라본다. '아늑'의 필터를 끼운 것처럼 부드러운 햇살 아래, 큰 걱정거리 없이 갖는 잠깐의 여유가 감사하다. 빨래를 마치고 어머니 귀가 전에 오늘 해야 할 일을 마무리하기 위해 집을 나섰다.

집 앞 강가에도 가을볕이 가득하다. 한 줄 바람 너머 병아리들의 싱그러운 소리가 들린다. 유년들이 소풍 나왔나 보다. 십 년쯤 전 유치원을 경영하는 지인으로부터 요즘 입학하는 아이들의 수가 줄고 있어 경영에 어려움을 겪다 문을 닫는 경우가 제법 된다는 이야기를 들은 적이 있다. 이렇게 계속 아이들이 줄면 조만간 유치원이 노인을 위한 시설로 변할지도 모르겠다는 말도 덧붙였다. 당시에는 심각한 비약이라며 웃어넘겼다. 몇 년 뒤 아파트 입구에 있던 어린이집이 노인을 위한 주간보호시설로 바뀌는 것을 보면서, 그때 지인의 예견이 맞았구나 하고 생각했다.

예전에는 어른이 편찮으면 선택지가 많지 않아서, 간병을 위해 가정이 온전히 책임져야만 했다. 요즈음은 국가와 가정이 함께 노력한다. 굴곡진 현대사를 경험하며 나라를 일구어온 노년에 대한 예우를 다하고 후대가 그에 대한 책임을

지는 것이다. 이로 인해 노인을 모시고 사는 삶의 질도 향상되었다.

집으로 돌아오는 길에 전화기의 알림음이 울린다. 오늘 어머니의 점심식단과 활동사진이다. 아이들 유치원 때처럼 언어영역, 인지영역, 미술영역, 운동영역 등으로 나뉜 활동에 대한 설명이 함께 있다. 사진을 보며 어머니의 오늘 기분이 어땠는지, 컨디션은 좋았는지 확인한다.

오후 4시 30분, 벌써 어머니가 도착할 시간이다. 햇살이 둥글게 내리는 아파트 입구로 나란히 버스 두 대가 들어온다. 차 문이 열리고 새로운 세대가 내린다. 부산한 재잘거림과 튀는 공기, 과즙처럼 톡톡 터지는 신선한 생기가 느껴진다. 또 다른 문이 열리고, 뿌옇게 내려앉은 먼지와 같은 고요함이 내린다. 소요의 정지, 세상 끝으로 퇴근을 준비하는 느린 몸짓이 있다. 나는 얼른 다가가 노치원생을 부축한다. '오늘 어땠어요?' 한 옥타브 높은 인사말을 건네며.

벤자민 당신

"다녀왔습니다."

현관문을 여는 순간 정적이 흘렀다. 뒤이어 건조한 공기가 훅 끼쳐왔다. 햇살이 점령한 거실엔 적막만 가득했다.

커다란 가방 두 개를 집 안으로 들여놓을 생각도 잊은 채, 잠시 멍하니 서서 두 달 만에 귀가한 집을 둘러보았다. 모든 것이 떠날 때와 똑같은 모습으로 제자리에 조용히 앉아 있다. 하지만 마치 조금 전까지 집 안의 사물들이 술래잡기를 하며 뛰어놀았던 것처럼 먼지가 뿌옇다. 현관문 비밀번호를 누르는 소리에 모두 후다닥 제자리로 돌아가 얼음이라도 된 것일까. 손으로 공기를 휘휘 저으며 창문을 활짝 열었다. 그제야 어머니가 아픈 다리를 끌며 나왔다.

"왔나? 온다고 수고 많았제?"

삐걱거리는 방문과 절뚝거리는 걸음걸이가 묘하게 중첩되어 보였다. '경첩에 기름칠을 좀 했어야 하는데……' 생각만 하다 시간이 이렇게나 흘러버렸다. 그동안 무엇이 그리 바빴을까. '어머니의 저 절뚝거리는 다리도 좀 더 건강하실 때 미리 수술을 해 드렸어야 했는데……' 때늦은 후회가 턱하니 가슴에 걸렸다.

내가 집을 비운 사이, 당신 아들이 출근하고 나면 종일 혼자된 집 안에서 얼마나 사람 목소리가 그리웠을까. 느릿한 동작으로 소파에 앉는 모습이 시든 나무처럼 기운이 없어 보였다. 서둘러 옷부터 갈아입고 먼지떨이를 든 채, 가재도구들을 바라보았다. 집을 나설 때보다 어딘지 모르게 약간은 더 낡고 빛이 바랜 듯했다. 어쩜 사물까지 안주인의 부재를 영악스럽게 알아차리는 것일까. 여기저기 뻔뻔스럽게 자리를 잡고 앉은 먼지들을 털어내고는 요란한 소리를 내며 청소기를 돌리고 물걸레로 바닥까지 싹싹 닦았다. 귀퉁이가 살짝 깨진 탁자, 잡동사니들이 숨어 있는 서랍장, 안테나의 스프링이 튀어나온 전화기. 익숙한 살림살이들이 그제야 반짝반짝 윤이 나기 시작했다.

어머니 방은 오늘도 윤기 없이 칙칙했다. 하루하루 고목처럼 퇴색하기 시작하면서 아무리 쓸고 닦아도 메마른 느낌이 들었다. 수분 하나 없이 건조한 당신이 한 발짝만 움직여도 바닥엔 각질이 퇴적물을 이루어 수북이 쌓였다. 가습기를 틀고 물걸레질을 매일 해도 마른 먼지만 풀풀 날렸다. 한낮의 사막 같은 방 분위기를 바꾸고 싶어 들여놓은 스킨답서스 화분을 당신이 깨뜨리고 난 뒤, 베란다에서 키우던 벤자민을 임시로 가져다 놓았다.

나무를 어른 방으로 옮기고 나서부터 분 아래쪽 바닥에 수액이 떨어져 끈적거리기 시작했다. 푸르고 키가 큰 식물이 주는 눈속임에 익숙해서였을까, 아니면 귀찮음이 강해서였을까 처음에 느껴지던 약간의 이물감은 눈을 질끈 감고 모른 척할 수 있었다. 하지만 오늘은 청소 뒤에도 발바닥에 집요하게 달라붙는 불편함을 도저히 참을 수 없었다.

물걸레질만으로는 해결되지 않아 수세미에 세제를 풀어 바닥을 박박 문질러 닦고 나서야 겨우 끈적거림이 사라졌다. 그러고 보니 화분에 지저분하게 먼지가 쌓인 것이 예전 같지 않았다. 고개를 갸우뚱거리며 살펴보니 나무 전체에 진딧물이 생겨 잎이 누렇게 떠 있다. 내가 집을 비운 사이 나무도 병들어가고 있었나 보다.

화분을 화장실로 옮겨 샤워기로 조심스럽게 잎과 줄기에

달라붙은 진딧물을 씻어낸 뒤, 바람이 잘 통하는 거실로 옮겼다. 그러다 부산하게 움직이는 나를 보며 배시시 웃는 어머니와 눈이 마주쳤다.

아흔을 바라보는 나의 막내딸. 오랜만에 돌아온 집안에 활기를 불어넣고 있는 사이, 내내 불안하게 흔들리는 눈동자를 내 등 뒤에 꽂고 있는 나이 든 딸. 웨이브가 거의 풀린 흰머리, 틀니를 하지 않아 듬성듬성 빠진 치아, 허옇게 각질이 앉은 손등……. 오랫동안 박제처럼 미동도 없이 앉아 있는 어머니에게서 마른 짚 냄새가 났다.

얼른 화장실로 모시고 가 목욕시켜 드렸다. 따뜻하게 온도를 맞춘 샤워기로 온몸을 적시며 빗금처럼 살이 늘어진 등과 다리를 바라보았다. 당신은 어쩌면 이리도 병든 벤자민 나무와 닮았을까. 진딧물을 털어내듯 조심스러운 손길로 몸을 씻기고는 거실 창가에 앉게 했다. 몇 올 되지 않는 머리칼을 정갈하게 빗어 넘긴 노년과 성한 이파리 몇 남지 않은 나무가 서로 의지하며 해바라기를 하고 있는 풍경이 고즈넉하다.

어머니는 다음 주 큰 수술을 하러 먼 길을 떠난다. 당신이 가고 나면 나무도 재생을 위해 화원으로 보내야 할 것 같다. 수술 후에 얼마나 회복될지 아직은 모른다. 이번 병원행은 몸이 더 나빠질 가능성 또한 염두에 두고 계획된 것이기 때문이다. 벤자민 역시 화원에서 다시 살아서 돌아올지, 아니면 그냥 뿌리째 뽑아내고 새로운 식물을 심을지 모른다. 혹시 살충제와 영양제를 맞으며 회복된다면 그것에 비례해서 어머니도 차츰 좋아지지 않을까.

거실에 앉은 두 생명체가 쇠약한 몸을 힘겹게 유지하고 있다. 어쩌면 같은 공간에서 생활하며 교감을 했는지도 모르겠다. 서로의 안부를 살피며. 저물어가는 햇살이 발치에 내려앉는다. 겨우내 닫혀 있던 창 너머에서 파릇한 봄 향기가 난다.

꽃분홍

거울 앞에 선 당신이 분홍색 립스틱을 바른다. 창으로 들어오는 햇살에 꽃분홍색 바지가 제 빛깔을 선명하게 발산한다. 매무새를 가다듬더니 하의와 색을 맞춘 모자를 머리에 비스듬히 올리고는 돌아선다. 반짝반짝 생기 도는 얼굴이 내 의견을 묻는 눈치다. 아름답다, 구순을 한두 해 앞두고도 꽃보다 아름다울 수 있다니.

어머니가 3박 4일 여행을 떠난다. 잠시 여유로움이 생긴다는 뜻이다. 계신다고 해서 특별히 힘든 일은 없지만, 그렇다고 마냥 편하기만 한 것은 아니다. 사정을 모르는 사람들은 어른 모시면서 참 편안하게 산다고 말하지만, '모시고 살아볼래?' 물어보면 다들 고개를 절레절레 흔들어댄다. 어른과 함께 사는 것은 많은 부분에서 책임감이 따르는 일임을 알기 때문일 것이다.

어머니는 올해로 여든여덟이다. 연세에 비해 삶에 관심과 애착이 많다. 새 가전제품이라도 들이는 날이면 쓰임새에 대해 의문이 풀릴 때까지 질문을 거듭한다. 작동법을 알려드리면, 누군가의 도움 없이 조작이 가능할 때까지 연습에 또 연습이다. 아침마다 두꺼운 돋보기를 끼고 조간신문을 첫 면부터 마지막 면까지 꼼꼼하게 읽는다. 도서관에 갈 때면 내가 볼 책만큼 당신을 위한 읽을거리도 함께 챙겨야 한다. 사람에 대한 관심도 많아서 정치인이나 연예인, 내 친구들과 손녀의 친구들 소식까지 꿰뚫고 있을 정도이다. 그 호기심과 열정이 젊게 사는 비결일 것이다.

결혼으로 새로운 가족과 함께하는 공간이 생긴 후, 오밀조밀 예쁜 소품들로 집을 꾸미는 재미가 쏠쏠했다. 하지만, 여느 신혼부부들처럼 달콤한 소꿉놀이는 채 일 년을 채우지 못했다. 하나의 공간에 두 명의 안주인이 존재하게 된 것이었다. 육십 대의 어머니는 연륜을 바탕으로 당신의 기호와 삶의 방식에 어울리는 집안 분위기를 원했다. 아직 젊은 내가 꿈꾸던 모습과는 너무나 달랐다. 어머님은 나 몰래 물건들을 정리했고, 나는 또 당신이 외출한 틈에 흔적 없이 분위기를 바꾸는 날의 연속이었다.

하루에도 몇 번씩 사용해야 하는 기물이 많은 주방은 또 다른 문젯거리였다. 식사나 차와 같은 일상에서부터 가끔 있는 큰 행사까지, 부엌의 주도권은 살림의 주도권을 의미했다. 적어도 내게는 그렇게 느껴졌다. 한번 정리하면 한동안 그대로 유지되는 다른 곳들과 달리 손이 많이 가는 곳이었지만, 우리의 방식은 너무나 달랐다. 매일 사용하는 것은 싱크대 위에 두고자 하는 어머니와 쓰고 난 물건은 치워버려야 하는 며느리는 자주 보이지 않는 신경전을 벌였다. 당신은 완고했지만, 이미 집안 전체적인 분위기에서 백기를 들었기 때문에 이곳만큼은 나도 쉽게 포기할 수 없었다.

시간은 하나에서 열까지 교집합을 찾기가 어려웠던 우리를 점점 합집합으로 만들었다. 새벽형 어머니와 올빼미형 며느리는 합가 초반의 시행착오가 지나자, 서로에게 조금씩 녹아들었다. 비록 몇 가지 불편함은 감수해야 했지만, 오랜 경험에서 생긴 지혜는 젊은 내게 많은 도움이 되었다. 육아와 살림뿐만이 아니라 중요한 결정이나 집안의 대소사가 있을 때 당신의 조언은 대체로 유효했다. 어른과 함께 사는 것만으로도 아이들의 정서나 밥상머리 교육은 성과를 보였다.

요즘은 서로의 시간과 영역을 암묵적으로 인정하며 지낸

다. 새벽잠이 없는 당신이 가족 중 가장 먼저 일어나 밥을 짓고 반찬을 손수 준비한다. 한동안의 달그락거림이 잠잠해지면 내 차례다. 느지막이 어슬렁거리며 나와 식탁을 차린다. 어머니와 남편이 식사하는 동안 아침을 먹지 않는 나는 커피를 내린다. 서로의 방식대로 식사가 끝나면 설거지는 내 담당이다. 건조대에서 그릇이 마를 즈음이면 또 당신 손으로 마무리 정리를 한다. 다른 사람들이 안다면 약간은 의아할 수도 있지만, 서로의 영역을 침범하지 않는 한에서의 공존이라고나 할까.

결혼 초기에는 어머니가 무조건 어려웠다. 아이들을 두고 일을 해야 했기에 대신 살아주는 '내 살림'이 황송했다. 아이들은 할머니 손에서 튼실하게 살이 올랐고, 세간살이는 반질반질 윤이 났다. 시간이 지나며 당신의 도움이 없어도 집안이 그런대로 유지되자 위기감을 느낀 탓일까, 나이 들어감을 실감한 탓일까. 갑자기 기력이 약해지더니 병원 출입이 잦아졌다.

내일을 기약할 수 없을 만큼 심하게 아프고 난 후, 한동안 외출을 꺼리던 분이 요즈음 바깥출입이나 짧은 여행을 자주 간다. 아무래도 며느리를 위해 손 놓기를 준비하는 듯하다. 살다 보니 정이 들었고, 요령도 생겼다. 몇 년만 더 지나면 어머니와 함께 산 기간이 친정엄마와 보낸 시간보다 길어진다. 다른 가족들은 모르는 당신의 세세한 부분까지 알고 있는 나를 발견할 때마다 깜짝깜짝 놀라곤 한다. 가랑비에 옷깃 젖듯 오랜 시간에 걸쳐 피보다 진한 사이가 되었나 보다.

햇살이 쏟아지는 기차역은 어디론가 떠나는 자들의 설렘이 가득하다. 차에서 내리는 어머니도, 당신의 벗들도 약속이라도 한 듯 한껏 들떠있다. 푸른 하늘을 배경으로 모두 꽃분홍이다. 나도 이제는 '코랄 핑크'니 '인디언 핑크'니 이런 단어보다 꽃분홍이라는 말이 더 어울리는 나이가 되어가고 있다. 길가의 피튜니아도 소풍 나왔나 보다. 얼굴이 발갛게 상기되어 있다.

볶음밥과 필래프

"엄마, 오늘은 집에서 브런치 카페처럼 차려 먹을까? 내가 김치 필래프 해줄게."

모처럼 기분이 좋은 고양이 일요일 아침부터 부산스레 움직인다. '고양'은 자신이 반응하고 싶은 것에만 반응하는, 고양이 같은 쌀쌀함을 지닌 큰딸의 별명이다.

딸애가 주방에서 무얼 한다고 하면 별로 반갑지 않다. 싱크대 서랍에 있는 냄비란 냄비는 다 꺼내 개수대에 산더미처럼 쌓아놓기도 하거니와 음식을 만드는 그녀보다 주방보조처럼 거들어야 하는 나의 일이 더 많기 때문이다.

아니나 다를까.

"엄마, 김치냉장고에서 김치 좀 꺼내줘. 고기랑 양파 좀 썰어줘. 후추는 어디에 있어?"

아이는 가스레인지 앞에 서서 주방장처럼 우아하게 불린 쌀을 볶고 있지만, 나는 다용도실로 냉장고 앞으로 뛰어다니느라 무척이나 바쁘다. 이렇게 움직이느니 김치볶음밥이나 해서 한 끼를 해결하면 좋겠다는 생각이 절로 든다. 하지만 모처럼 흥에 겨워 식사 준비를 자처한 고양의 재미에 찬물을 끼얹을 수는 없다. 필래프나 볶음밥이나 생긴 건 매 한 가지 인데…….

생각보다 많은 시간이 흐르기는 했지만 고양은 브런치 레스토랑처럼 그럴싸하게 한 상을 차려냈다. 나는 아끼느라 그릇장에 모셔만 둔 그릇들을 꺼내고 노란 프리지어를 이용해 식탁을 꾸민 모습이 제법이다. 아침 내내 달그락달그락 부산하게 움직이는 소리를 들으며 궁금함이 가득한 시선을 보내던 어머니와 남편도 식탁에 앉았다.

"아이고 아침이 늦네. 아점이네 아점."

"할머니 아점이 뭐야. 브런치!"

"브런치? 아점을 브런치라 하나? 이기 뭐고? 김치볶음밥을 우찌 이래 이쁘게 담았노?"

햄버거도 피자도 스파게티도 좋아하는, 세련된 식성의 어머니가 말했다. 물론 볶음밥도 즐기는 메뉴다.

"이건 필래프야, 필래프."

"필래프? 내 눈엔 볶음밥처럼 보인대이. 마요네즈로 그림 그리지 말고 케첩으로 그리면 완전히 볶음밥 아니가?"

"할머니, 촌스럽게."

"아이고마, 내 눈에는 똑같대이."

필래프는 중앙아시아, 인도, 튀르키예, 이란, 카리브해에서 특히 발달한 요리다. 쌀을 기름이나 버터에 볶다가 육수와 향신료를 넣고 반쯤 익힌 뒤 고기, 생선 또는 채소 등의 부재료를 넣어 완성한다. 굳이 우리말로 번역하면 '고기, 새우 따위를 넣고 버터로 볶은 밥'이라 할 수 있지만, 볶음밥과 필래프는 다르다.

팬에 기름을 두르고 김치와 고기를 볶다 익힌 쌀을 넣어 준다는 공통점을 갖기 때문에 외형은 유사해 보인다. 하지만 요리의 기본이 되는 쌀을 대하는 자세가 다르다. 볶음밥은 냉장고 속에 든 식은 밥처럼 선뜻 손이 가지 않는 것을 처리하거나 간단하게 한 끼를 해결하기 위한 것이다. 반면, 필래프는 처음부터 좋은 음식을 만들기 위해 쌀을 불리고, 따로 그것만을 볶아야 한다. 육수를 서너 번에 걸쳐 넣고 눌어붙지 않도록 불 앞에서 신경 써서 젓는 일종의 창조행위인 셈이다.

나는 볶음밥이 편하다. 살다 보면 쓸모없이 구석에 박힌 식은 밥처럼 느껴지는 날도 있고 단조로운 일상에 위기감이 몰려올 때도 있다. 괜히 의기소침해지는 날이면 냉장고를 청소한다. 어지럽던 내부를 정리하다 보면 마음을 덮고 있던 구름도 걷힌다. 때마침 찾아오는 허기를 달래기에 볶음밥은 좋은 메뉴다. 식은 밥 한 덩이와 자투리 재료 몇을 달달 볶는다. 거창하지는 않지만 궁색하지도 않은 식탁을 차리고는 잘 살고 있다고 스스로를 위무한다.

고양은 다르다. 늘 소중하게 다루어 주기를 원한다. 자신의 마음을 얻기 위해서는 쌀을 불려 물기를 빼고 기름에 볶은 뒤, 육수를 넣어 오래 저어주는 수고를 감수해야 한다고 생각한다. 그래야만 본인이 미리 준비된 다른 재료들과 어울려 멋진 요리가 될 수 있다는 것이다. 좀 손해를 보거나 과소평가를 받더라도 그럴만한 이유가 있을 거라 생각하며 혼자 넘어가는 나와는 달리 고양은 까닭을 질문한다. 납득할 때까지 집요하게 물어올 때도 있다. 이해가 되어야만 다음 행동을 진행한다.

한때는 다름을 틀림으로 이해한 적이 있다. 좁혀지지 않는 간극에 서로에게 상처를 입히기도 했다. 거침없이 앞으로 나아가고자 하는 필래프의 돌진을 대체로 볶음밥이 막았다.

두 개의 불꽃이 스파크를 일으키다 필래프로 하여금 무단가 출을 감행하도록 만든 적도 있다.

고양이 안정적이고 부침이 없는, 어디에도 잘 섞이는 볶음밥 같은 직업을 갖기를 바랐지만, 그녀는 예민함의 칼날을 세워 창의적인 일을 하고자 했다. 오돌오돌 밥알이 살아있는 필래프 같은 삶을 꿈꾸었다. 오랜 시간이 흐른 뒤 후회가 남더라도 하고 싶은 일에 몰두하고픈 고양은 '엄마도 예전엔 필래프였으면서 난 왜 볶음밥이 되라고 강요해?'라며 불만을 토로했다.

물론 나도 필래프였던 적이 있다. 그리고 보면 친정엄마 속을 꽤나 태우기도 했다. 그때 몰랐던 것을 지금은 안다. 예민하거나 날을 세우는 것만이 삶을 살아가는 방식이 아님을. 자신이 설정한 룰에 함몰되지 않아야 하며, 스스로에게 상처를 주는 일은 없어야 한다는 것을. 시행착오가 적다면 더 좋겠지. '너도 자식 낳아서 키워봐.' 친정엄마에게 들었던 그 말을 내가 딸에게 할 줄이야.

겨울 땅에 박힌 보잘것없는 풀씨라도 시간이 지나 봄이 오면 싹을 틔우고 여름비 맞으며 가을엔 결실을 맺는다. 특별하지는 않지만, 평범해서 더욱 소중한 이치를 고양은 언제쯤 깨닫게 될까.

딸아이가 밥을 한입 가득 넣더니 만족스러운 웃음을 짓는다. 봄이다. 올 들어 가장 따뜻한 날씨라고 한다. 한낮 햇살이 거실을 지나 주방까지 가득 채운다. 달그락달그락 식기 부딪히는 소리가 음악처럼 들린다. 오늘 우리 집 식탁, 언어의 온도는 바람의 온도보다 높다.

며느리라는 이름

몇 해 전부터 명절 차례를 지내지 않기로 했다. 간단한 음식을 준비해서 성묘를 다녀오는 것으로 의무를 끝낸다. 이즈음이면 '어디서 명절을 지내느냐.'는 인사를 나눈다. 주고받는 말끝에서 기대감과 불편함이 교차하는 것을 느낀다. 바야흐로 며느리 모드로 돌입해야 할 시간이기 때문이리라. 며느리와 시어머니, 친밀하지만 한없이 어려운 사이다. 그 관계는 늘 딜레마에 가깝다.

이런 불편함은 식물의 이름에서도 드러난다. 국가표준식물목록을 확인하면 며느리'라는 이름을 지닌 풀은 열두 가지다. 이들은 대개 억압의 대상이던 며느리와 관련된 설화를 지니고 있다. 밥이 다 되었는지 확인하기 위해 입에 넣은 밥

알 때문에 죽임을 당한 며느리를 담은 며느리밥풀꽃, 톡 튀어나온 것이 며느리의 배꼽처럼 생겼다는 며느리배꼽, 시어머니가 밭일 중 생리현상을 해결하려 풀을 한 움큼 쥐었다가 그 가시에 찔리자 화가 나서 '며느리 밑 닦을 때나 쓰라.'고 했다는 며느리밑씻개까지.

반면, 백합과의 산자고山慈姑에는 산에 사는 자애로운 시어머니라는 뜻이 있다. 자신을 지극히 섬기던 며느리의 몸에 큰 종기가 생기자, 산속을 헤매며 찾아온 풀로 상처를 낫게 했다는 이야기에서 얻은 이름이다. 야생화 이름에 며느리를 싫어하는 시어머니만 있는 것이 아니라는 점은 참으로 다행스럽다.

식물의 이름에 얽힌 전설은 고부 관계를 비추는 거울처럼 보인다. 한때는 우스갯소리처럼 '시' 자가 들어간 것은 시금치도 먹지 않는다고 말하던 시절도 있었다. 어떤 이는 전쟁이라고 했다. 다른 이는 갈등이라고도 했다. 감정의 골이 걷잡을 수 없이 깊어질 때면 대립의 틈바구니에서 제대로 중심을 잡지 못하는 남편만 탓하기도 했다. 오죽하면 해마다 명절 앞뒤로 이혼율이 갑자기 증가한다는 기사가 나기도 했을까.

변화의 시대다. 주변을 보아도 예전과는 확연히 다르다

는 것을 느낄 수 있다. 고부 관계 또한 전통적인 틀에서 벗어나는 중이다. 진정한 관계는 역할에 얽매인 것이 아니라, 서로의 마음을 이해하고 존중하는 데서 시작하는 것이리라. 늦더위의 끝자락에서 두 인격체가 서로를 있는 그대로 받아들이며 공존하는 날을 기대해 본다.

클로버

"찾았다!"

쪼그리고 앉았던 엄마가 네잎클로버를 내밀었다. 입가에
는 웃음이 가득하다. 얼마나 오랫동안 고개를 박고 있었는지
등줄기가 뻐근했다. 눈을 부릅뜨고 신경까지 곤두세우느라
머리도 지끈지끈 아팠다. 산책길에 쪼그리고 앉은 건 순전히
내 손을 끌어당긴 엄마 때문이었다.

갓 서른을 넘긴 엄마가 내 손을 잡은 채 걷고 있었다. 먼
지를 일으키며 떠난 버스 꽁무니를 바라보며 신작로를 걸은
지 한참이 되었다. 머리 위론 한낮의 태양이 타올랐다. 엄마
이마에 땀이 송골송골 맺히고, 등 뒤에 업힌 동생은 잠들어
고개가 축 늘어져 있었다. 나는 칭얼거리며 연신 벗겨지는

신발을 질질 끌고 있었다. 다리가, 다리가 너무 아팠다.

"엄마, 힘들어."

자꾸만 뒤로 처지는 나를 달래며 걷던 엄마가 한숨을 깊게 내쉬더니 걸음을 멈추었다. 그늘진 곳에 포대기를 내려 동생을 눕히고 우리도 옆에 앉았다. 잠깐 숨을 돌린 엄마가 갑자기 무언가 떨어뜨린 듯 고개를 숙여 주변을 두리번거리기 시작했다. 땀에 젖은 머리칼이 얼굴에 들러붙어 있었지만 아랑곳하지 않고 무엇을 찾는 일에 열중했다. 시큼한 땀 냄새와 달큼한 분 냄새가 함께 났다.

나는 꽃잎을 뜯어 후, 하고 불어 바람에 날리거나 풀꽃으로 잠든 동생의 목덜미를 간질였다. 꼬물꼬물 손을 저으며 고개를 돌려 피하는 동생이 귀여웠다. 한참 뒤, 찾는 걸 포기한 엄마는 힘없는 목소리로 나를 불렀다. 손에 흰 풀꽃 한 다발을 쥐고 있었다.

"이리 와, 목걸이 만들어줄게."

엄마는 풀꽃을 모아 세 갈래로 머리 땋듯 엮어 목에 걸어주었다. 꽃시계, 꽃반지까지. 나는 꽃 천지에 빠졌다. 팔을 옆으로 한껏 벌리고 빙글빙글 돌아 치마를 펼치고는 풀밭에 사뿐 앉았다. 그림책에서 본 공주님이라도 된 듯 행복했다.

"네잎클로버는 행운이고, 세 잎은 행복이래. 오늘 행운은 보이지 않네. 하지만 행복을 한 다발 꺾어 목에 걸었으니 우리 딸, 앞으로는 더 많이 행복해야 해."

엄마는 촉촉한 눈으로 나를 바라보다가 숨이 막히도록 꼭 안았다. 낮잠에서 깨어난 동생을 다시 둘러업고는 꽃시계 낀 내 손을 잡아끌었다.

"이제 빨리 가야 해. 아빠가 기다리실 거야."

온몸을 꽃으로 드레스처럼 휘감아서였을까. 한동안 쉬어 피곤이 풀려서 그랬을까. 갑자기 발걸음이 가벼워졌다. 어쩌면 곧 아빠를 만날 수 있다는 기대 때문이었는지도 모른다. 저녁이면 내가 좋아하던 바나나를 사 오곤 했는데, 어느 날부터 집에 오지 않았다. 조그맣게 운영하던 일에 실패한 아빠는 우리보다 먼저 집을 떠나 일자리와 살 곳을 마련하고 가족을 불러들였다. 엄마는 어린 두 딸을 업고 걸리며 그곳으로 찾아가는 길이었다.

마을 입구에서 수염이 덥수룩하게 자란 아빠를 만났다. 나는 널찍한 품에 안긴 채 손으로 자꾸 까칠한 턱을 만졌다. 수염의 감촉이며 든든한 울타리 같은 품이 참 아늑했다. 우리는 골목을 한참 동안 올라가 대문도 없는 집으로 들어갔다. 마당을 가운데 두고 쪽문을 열면 부엌과 방 하나만 있는 가구들이 오밀조밀 이어져 있었다. 엄마는 깊은 한숨을 쉬었고, 아빠는 애써 눈길을 피했다.

　마당엔 펌프가 있었다. 바가지로 마중물을 부어 손잡이를 오르내리면 물이 콸콸 쏟아져 나왔다. 엄마들은 그곳에서 방망이를 두드려 빨래를 했다. 한 울타리 안에서 살던 두세 살부터 예닐곱 살의 조무래기들은 펌프 옆에서 사금파리를 주워 소꿉놀이를 하거나 지천이던 클로버를 뜯어 서로에게 목걸이를 해주느라 부산스러웠다. 가끔은 술기운에 얼굴이 불콰해진 아버지들이 마당으로 들어서기도 했고, 악다구니를 쓰는 엄마들의 목소리가 담장을 넘기도 했다. 아침이면 세숫물 쏟아붓는 소리가 들렸고, 저녁이면 밥 짓는 냄새가 여기저기서 났다.

　야반도주하듯 세간 하나 제대로 챙기지 못한 채 올망졸망 두 딸을 업고 걸리며 길을 나섰던 그 오후에 엄마는 그렇게 쪼그리고 앉아서 기도하듯 행운을 찾았으리라. 그러다 잡히지 않는 행운을 포기하고 행복의 염원을 다발로 묶어 내목에 걸어주었다. 그 목걸이는 무너지려는 마음을 다지는, 스스로를 위한 주술과 같은 것이 아니었을까. 자꾸만 달아나 버리는 행운에 미련을 버리고 행복만은 두 손으로 꼭 쥐고 말겠다는 의지였는지도. 그때의 엄마보다 훨씬 더 나이를 먹은 지금의 내가 생각해도 당신이 받아들여야 하는 현실이 결코 만만하지 않았을 것이다.

"그때 네 잎인 줄 알고 집으면 세 잎 달린 클로버만 딸려 나왔지. 너희들이 어릴 땐 사는 게 팍팍해서 그게 행복인 줄도 몰랐어. 언젠가는 행복이 올 거라고 기다리며 살았지. 너희들 다 자란 뒤에 생각해 보니 그때도 참 행복했더구나. 다시 돌아가서 너희 아버지 한 번만 만났으면 좋겠다."

엄마 눈빛에 물기가 고였다. 숨이 막혀왔다. 서른 살의 당신이 그랬듯 하얀 꽃을 꺾어 목걸이를 만들어 네잎클로버를 들고 있는 엄마에게 걸어주었다.

"엄마, 행운을 잡았으니 이 목걸이 걸고 오늘 밤 꿈에 아빠 만나."

괜스레 아버지가 보고 싶은 오후다.

자전거

하늘이 호수처럼 맑다. 옷을 갈아입기 시작한 가을 산이 성큼 눈앞으로 다가온다. 스치는 바람도 제법 서늘한 느낌이다. 자동차 엔진 소리가 미안할 만큼 조용한 시골길을 천천히 달린다.

저만치 앞서서 자전거 한 대가 느긋하게 달리고 있다. 혹시 놀랄까 경적도 울리지 않고 뒤를 따라간다. 중절모를 단정하게 눌러쓴 할아버지의 자전거도, 노란색의 조그마한 내 자동차도 천천히 가을에 젖는다. 자전거 페달을 열심히 밟는 할아버지는 아버지가 돌아가실 무렵의 연세 정도로 보인다. 반질하게 잘 정돈된 자전거와 깔끔한 입성이 화창한 날씨와 조화를 이룬다. 가을도, 할아버지도 겨울을 향해 가고 있지만, 자연의 이치를 편안하게 받아들이는 듯 보인다. 바퀴살이 천천히 돌아가고 나도 기억 속으로 천천히 돌아간다.

그해 가을, 동네에 자전거 열풍이 들불처럼 번지기 시작했다. 처음이 어떠했는지 기억은 나지 않지만, 하나둘씩 친구들이 반짝거리는 자전거와 함께 나타났다. 한동안의 비틀거림을 뒤로하고 달릴 준비를 끝낸 아이들의 표정은 출발선에 선 선수처럼 기대감이 가득했다. 기다렸다는 듯 의기양양한 표정으로 바람을 가르는 아이들 옆에서 나는, 뛰었다.

달려도 점점 벌어지는 간격 탓에 처음으로 좌절을 느꼈다. 갖고 싶었다, 속도감을. 소실점 밖으로 사라졌던 아이들이 돌아와 쉬는 동안 열병 앓는 짐승처럼 눈길로만 자전거를 탐했다. 먹어도 배부르지 않을 것 같은 허기였다. 자주 목이 말랐다. 내게만 잡히지 않는 건 운동감뿐만은 아니었다. 고민하지 않아도 필요한 것을 쉽게 얻을 수 있던 친구들과 나는 형편이 달랐다. 불가능에 가까운 바람은 말하지 않는 편이 낫다는 것을 이미 배운 뒤였다.

우연처럼 집에 자전거가 생겼다. 바퀴가 제법 큰 어른용이었다. 눈대중으로 가늠해 보았지만, 달릴 자신은 없었다. 마음을 읽기라도 했는지 아빠가 타보겠냐며 눈을 찡긋거렸다. 잠깐의 갈등은 유혹적인 속도감 앞에서 무력했다.

조무래기들이 떠난 저녁 무렵의 운동장엔 아무도 없었다. 아빠는 적잖이 걱정스러운 듯 바퀴며 손잡이가 단단한지 살폈다. 엉거주춤 엉덩이를 안장에 걸치고 앉자 겨우 페달에 발이 닿았다. 조금이라도 몸을 움직이면 넘어질 것만 같았다.

　　"아빠, 잡고 있지? 손 놓으면 안 돼."

　　"걱정하지 마. 지켜줄게."

　　잘 달리고 싶은 마음은 굴뚝같은데 중심이 제대로 잡히지 않았다. 몸에 힘이 들어가면서 자꾸 자전거와 함께 옆으로 넘어졌다. 긴장으로 경직된 뒤통수에 '천천히 배우면 된다'는 말이 따라붙었다. 어느 순간부터 조심스레 굴리는 페달에 속도감이 붙기 시작했다. 이마와 등은 땀으로 촉촉하게 젖었다. 넘어가는 해는 모래를 금빛으로 물들였고, 나는 와르르 쏟아지는 빛 사이를 달리고 있었다.

　　"아빠, 잘 잡고 있지?"

　　"응, 걱정하지 마. 꼭 잡고 있어."

　　나는 어느새 자전거를 타고 운동장을 돌고 있었다.

　　"아빠, 잘 잡고 있지?"

　　고개를 돌리는 순간, 저 멀리서 손 흔드는 아빠를 보았다. 신이 나서 몇 번의 페달을 더 돌리며 깔깔거렸지만, 목소리는 단말마의 비명이 되었다. 곤두박질친 무릎과 손에 상처가 생겨 찔끔 핏물이 비치고 있었다.

아무래도 안 되겠다며 나를 짐받이에 태운 아빠가 페달을 밟았다. 리듬감 있게 움직이던 등은 듬직한 산 같기도, 하늘 같기도 했다. 어둑어둑한 동네 집들엔 하나둘 불이 켜지고, 된장찌개, 생선 굽는 냄새가 났다. 골목에서 노는 아이를 부르는 엄마들의 목소리도 들렸다. 아픈 무릎은 까먹었는지 뱃속에 숨어있던 거지 아이가 튀어나와 꼬르륵 소리를 냈다.

운동장이며 동네 골목마다 왁자지껄하던 가을이 지나고 날이 추워지자 자전거 타기는 자연스레 시큰둥해졌다. 그 후로 자전거를 탈 일이 별로 없었다. 물론 잘 탈 줄도 몰랐다. 하지만, 든든하던 아빠의 등이며, 혼자서 운동장을 달리던 속도감을 생각할 때마다 가슴이 두근거렸다.

빈곤, 실업과 같은 사회문제를 다룬 영화 <자전거 도둑>은 2차 세계대전 후의 이탈리아가 배경이다. 오랫동안 일자리를 구하지 못하고 거리를 배회하던 안토니오는 우연히 직업소개소를 통해 포스터 붙이는 일을 맡는다. 밥벌이를 위해 자전거가 필수이지만 그의 것은 이미 전당포에 있다. 고심하던 아내 마리아는 아끼던 침대 시트를 전당포에 맡기고 자전거를 다시 찾아온다. 덕분에 직업을 갖게 되었지만 기쁨은

짧다. 주인공이 포스터를 붙이는 동안 누군가 훔쳐가 버렸기 때문이다.

절망에 빠진 안토니오는 아들과 함께 로마 시내 여기저기를 돌아다니며 범인을 찾기 시작한다. 고생 끝에 도둑을 만나지만, 그의 자전거는 사라진 지 오래다. 이제는 진짜 찾을 수 없다는 사실에 상심한 주인공은 직접 절도에 나섰다가 주인에게 잡히고 만다. 아들 브루노가 보는 앞에서 사람들에게 멸시와 모욕을 받지만, 다행히도 경찰서행은 면한다. 인파에 섞여 석양을 향해 걸어가는 부자에게는 자전거도, 일자리도, 희망도 없다.

등 뒤에 나를 태우고 집으로 돌아가던 길에서 아버지는 무슨 생각을 했을까. 벗어나고 싶어도 발목을 물고 늘어지는 가난과, 무엇 하나 남들처럼 갖추어 줄 수 없던 어린 딸에 대한 미안함에 어깨가 움츠러들었을까. 허탈한 마음을 들키지 않기 위해 속으로 울기도 했을 것이다. 아마도 생은 아름다운 것만은 아닌지도 모른다.[*]

한참을 천천히 뒤따르고 있음을 알았는지 할아버지가 길가에 자전거를 세운다. 나도 따라 서행한다. 손짓으로 먼저 지나가라는 신호를 하는 할아버지의 발그레한 볼이 건강해 보인다. 가볍게 인사한 후 속도를 올려 가을 햇살 속으로 달린다. 백미러 너머로 코스모스가 무리 지어 하늘거린다.

* "생은 결코 아름답지 않다. 그러나 그 가치는 있다."
  영화 <자전거 도둑> 감독인 비토리오 데시카의 말이다.

나무는 얼마만큼의 땅이 필요할까

바야흐로 초여름이다. 물오른 나무들이 짙은 초록을 발산한다. 눈길 닿는 곳마다 내려앉은 싱그러움이 도시가 뿜어내는 가쁜 숨을 정화한다. 가벼운 바람에 까르르거리며 제 몸을 흔드는 가로수길이다.

주변에서 쉽게 만날 수 있어 그 소중함을 잊고 지낼 때가 많은 가로수에는 몇 가지 조건이 있다. 지역의 기후에 잘 적응할 수 있는 나무를 심어야 하며, 병충해나 공해에도 강해야 한다. 도시 미관의 확보와 통일성도 중요하다.

도심의 가로수 아래를 걷다 보면 뿌리가 보도블록이나 연석을 뚫고 튀어나오거나 회전하듯이 지재부를 둥글게 말고 있는 것이 자주 보인다. 잘 자라는 듯 보이는 나무의 윗부분이 말라가는 것이 눈에 띄기도 한다. 대부분이 좁은 생육 공간 탓에 당하는 수난이다. 뿌리의 크기는 대개 우리 눈에 보이는 수관 폭과 비례한다. 나무가 잘 성장하도록 하려면 최소한 수관 폭과 비슷한 크기의 공간이 필요하다.

톨스토이의 단편 「사람에겐 얼마만큼의 땅이 필요한가」에는 평범한 농부 바흠이 등장한다. 가난하지만 꼭 필요한 만큼의 땅을 지닌 그는 어느 날 누군가 땅을 헐값에 판다는 말을 듣고 땅 주인에게 달려갔다. 그런데 매매 방식은 지극히 간단했다. 해가 뜨면 출발점을 떠나 하루 동안 걷고 돌아온 면적만큼 주겠다는 것이다. 하지만 조금이라도 늦는다면 모두 무효가 된다는 단서가 달렸다.

바흠은 아침이 되자 곧장 출발했다. 땅 부자가 되는 꿈에 부풀어 점심을 먹는 것도 잊은 채 표식을 남기며 전진했다. 날이 저물기 시작했지만, 비옥하고 탐스러운 땅을 놓칠 수 없어 욕심을 부렸다. 해가 지기 전에 도착하지 못할 위기에 처하자, 출발 지점으로 돌아오기 위해 죽을힘을 다해 달렸다. 간신히 도착하지만 그대로 즉사하고 만다. 그에게 필요한 땅은 결국 머리와 다리가 들어갈 수 있는 2미터가량의 무덤뿐이었다.

인간의 탐욕이 가져오는 비극적 결과를 경고하는 소설을

읽으며, '나무에게는 얼마만큼의 땅이 필요할까?' 생각해 보았다. 큰 나무를 보고 싶으면 그만큼의 땅이 필요하고, 소박한 나무를 보고 싶으면 약간의 자투리땅으로도 충분하다. 참으로 소박한 진실이 햇살에 나뭇잎처럼 반짝거린다.

암각화를 그리다

이것은 세상에서 가장 작은 암각화다. 지름 1cm의 둥그런 돌 도장이다. 새김 면에는 그림인 듯 아름다운 전서체로 내 이름이 적혀있다. 반듯한 글자가 마치 오후 네 시, 햇살이 닿기 시작하는 반구대의 바위그림처럼 도드라져 보인다.

무릎 수술 후 좌식 생활이 불편해진 엄마를 위해 집안 구조를 바꾸던 중이었다. 구석구석 먼지를 뒤집어쓴 채 자릴 지키던 물건이 얼마나 많은지 뜻밖의 장소에서 생각지 못한 것들이 튀어나왔다. 문갑을 옮기는데 오랫동안 잊고 있던 상자 툭 떨어졌다. 아버지가 생전에 사용하던 도장 상자였다. 손때가 묻어 윤이 반질반질한 틀과 언제라도 사용할 수 있도록 잘 벼린 전각도, 아직 이름이 새겨지지 않은 도장들 사이에 내 것도 함께 있었다.

초등학교 졸업식 날, 여느 친구들처럼 동네 중국집에서 자장면을 먹고 집으로 돌아온 후였다. 아버지가 안방에서 상자를 가지고 나와 도장을 하나 고르라고 했다. 평소에 다정다감하지 못했던 당신이 딸을 위해 준비한 특별한 졸업선물인 것 같았다. 전각 도구를 꺼내며 채비를 차리는 옆에서 이것저것 오래 만지작거리다 연옥으로 된 것을 골랐다.

방 한쪽에 키 낮은 작업대가 놓였다. 씻은 듯 뽀얀 돌 도장이 틀에 단단하게 고정되었다. 아버지는 부드러운 사포에 물 한 방울을 떨어뜨리고 날이 선 칼을 한 번 더 조심스레 벼렸다. 한참 전각도를 살피던 당신이 한 획, 한 획 글자를 새겼다. 익숙한 손놀림은 여느 때와 달리 신중하고 깊었다. 서쪽 창으로 들어온 햇살을 받아 그 모습이 숭고해 보이기까지 했다.

나무, 기껏해야 플라스틱이던 친구들 도장 사이에서 매끈하면서 새침한 돌 도장은 부러움의 대상이었다. 누구나 눈여겨보고, 한 번씩 만지고 싶어 하는 통에 꺼낼 때면 나도 몰래 꿈꾸는 듯한 표정을 짓곤 했다. 아버지가 새겨준 도장은 삶의 중요한 전환기마다 약속이라도 한 듯 따라다녔다. 통장을 새로 만들거나 고등학교와 대학교 지원서를 쓸 때, 혼인

신고서며 아이 출생서류를 만들 때면 으레 내 이름 옆에서 선명하게 나를 대신했다.

아버지는 이것저것 손대는 일마다 실패를 거듭했다. 뿌리 뽑힌 풀처럼 직장이며 집을 자주 옮겨 다녔다. 몇 번이나 도망치듯 살던 곳을 떠난 적도 있다. 비쩍 마른 몸집에 예민한 성정이라 사람들과 자연스레 어울리지도 못했다. 평소에는 말수가 적고 유순했지만 일이 잘 풀리지 않을 때면 '세상 탓'을 안고 집으로 돌아왔다. 그런 날은 어김없이 집안 분위기가 고래의 꼬리도 구경 못한 포경선처럼 조심스러웠다.

마음의 울화가 쌓이면 상처 입은 맹수처럼 으르렁거리다 그것이 가라앉을 때면 도장 틀과 전각도를 꺼냈다. 슬슬 피하기 바쁘던 동생들과 나도 그때가 되면 좌식 작업대 옆으로 옹기종기 모여들었다. 투박한 손끝에서 돌가루가 바스러지며 하나 둘 글자가 만들어지는 모습이 신기했다. 무엇보다 예리한 칼날이 사각거리며 돌과 나무를 지나는 사이, 아버지의 일렁이던 내면이 잔잔해지는 듯 보여 어린 마음에도 안도감이 밀려왔다.

첫아이가 두 돌 지날 무렵에 그만 도장을 잃어버렸다. 세상에 하나밖에 없는, 나만이 지닌 특별한 물건이라 이루 말할 수 없이 아쉬웠다. 있을 만한 곳을 샅샅이 뒤져도 나오지 않아서 아버지에게는 죄송했지만 포기하고 말았다. 점점 도장을 찍는 일보다 사인을 하는 경우가 많아지며 자연스레 기억에서 사라졌다. 그런데 이곳에서 깊은 잠에 빠져 있었다니. 아마도 아이가 가지고 놀던 것을 아픈 당신이 챙겨놓았다 잊은 것이 분명하다.

국보인 반구대암각화는 약 7천 년 전에 만들어진 것으로 우리나라에서 발견된 선사시대 암각화 유적 가운데서 가장 오래되었다. 신석기부터 청동기까지 이어진 것이라 문양과 만든 사람이 제각각이다. 육지 동물을 사냥하거나 고래를 잡던 이들이 시간차를 두고 가파른 암벽에 매달려 자신들의 마음속 기원을 쪼거나 갈아냈을 것이다. 그리고 보면 바위그림은 인간의 힘만으로 해결하기 어려운 일을 신을 통해 이루고자 했던 일종의 기도서인지도 모르겠다.

아버지도 세상이라는 벽에 매달려 가정을 위해 힘겹게 노력했다. 바위에 담긴 그림처럼 가족을 위한 당신의 염원을 새겼다. 살면서 얼마나 많은 실패와 좌절을 경험했을까. 나락으로 떨어질 때마다 맨손으로 삶의 벽을 기어오른 일은 또 얼마나 부지기수였을까.

할아버지에게서 한학을 공부하며 서예를 배운 아버지는 당신 작품의 낙관으로 사용하기 위해 처음 전각도를 들었다.

이후 머릿속이 어지러울 때면 면벽하며 도장을 쪼았다고 한다. 직장에서 공지사항이나 브리핑용 글씨를 쓰는 일을 하다 퇴직 후에는 작은 공방을 열었다. 그곳에서 의뢰받은 가훈을 제작하며 여생을 보내리라 생각했지만, 기간이 길지 못했다. 젊은 시절 혹사로 얻은 위암이 원인이었다. 수술과 항암제 후유증 탓인지 섬망이 오래 지속되었다.

　도장을 들여다본다. 크기는 작지만 매끈한 것이 지금 보아도 세련된 모양이다. 첫 촉감은 차갑지만 이내 데워져 온기를 나누어준다. 아버지도 그랬을 것이다. 냉정하면서 세상일에 관심이 없는 듯 보였지만 누구보다 따뜻한 삶을 나누고 싶었고 자식을 위해 포근한 언덕이 되기를 바랐지 않았을까.

　반구대에서 암각화를 제대로 보려면 오후 네 시가 되어야 한다. 북향인 탓에 봄부터 가을까지 맑은 날만 가능하다. 태양이 남서쪽으로 넘어가면서 바위에 빛이 들어오는 때가 가장 좋은 시간이다. 대곡천의 짙푸른 물을 사이에 두고 수직의 암벽과 마주 서면, 건너편 산등성이에서 수굿해진 햇발이 암벽에 내려앉는다. 순간 잠자던 경전이 깨어나기 시작한다. 퍼덕이며 생생하게 유영하는 고래며, 호랑이와 표범, 달리는 사슴 떼, 멧돼지 그리고 춤추는 사람들까지.

　아버지는 병을 앓고 있는 동안에도 정신이 들 때면 지나온 날을 기록하고 우리를 위한 바람을 새기고자 했다. 전각도를 잡을 기운이 없어지자 연필을 들었다. 마지막 숨을 놓는 순간도 종이 위에 사인펜으로 글을 쓰며 유언을 대신했다. 울퉁불퉁하던 삶의 대단원은 그렇게 막을 내렸다.

도장에 인주를 묻히자 붉은색 이름이 도드라진다. 돋을 새김 된 기도서를 읽는다. 문득, 지름 1cm의 암반 위에서 아버지가 힘껏 돌을 쪼고 있다.

햇살에 버무린 서사

배혜숙

송시내의 수필은 청량한 바람이다. 나무의사라는 신박한 직함을 가진 탓이다. 글밭에는 나무들이 성하게 자란다. 느티와 물푸레, 잣나무와 돌배나무, 참나무, 조팝나무, 금강소나무까지. '쏴아~' 소리까지 쏟아 웅숭깊은 숲을 이룬다. 나무가 빚어내는 변주이다.

'태양을 향해 한껏 제 몸을 부풀리고 서 있는 나무들은 감정을 숨기는 법이 없다.'고 말한다. 정직하게 나이테라는 시간을 기록한다. 하긴 나무에 무슨 화려한 수사가 필요한가. 햇살과 비와 바람을 뭉근하게 버무려 허투루 쓰지 않는다는 이야기다. 참다운 글은 나무처럼 제 색깔과 향기를 돌올하게 살려낸다. 내공이라는 힘줄이 있기에 가능하다.

송시내가 그리는 서사가 빛을 발하는 것은 비움의 미학이다. 자

신을 바닥으로 내려놓고 무거운 가면을 벗으니 절로 해맑다. 그녀가
지닌 상아 실패에 감긴 무명실이 풀리듯 읽는 쾌감마저 준다. 비워
야 쓸모 있음을 보여주는 글 앞에서 공연히 시새움이 인다.